阅读成就思想……

Read to Achieve

阅见·医者仁心

我在美国当精神科医生

[美]杨伊德 著

中国人民大学出版社
·北京·

图书在版编目（CIP）数据

我在美国当精神科医生 /（美）杨伊德著. -- 北京：中国人民大学出版社，2024.3
ISBN 978-7-300-32531-6

Ⅰ．①我… Ⅱ．①杨… Ⅲ．①纪实文学－美国－现代 Ⅳ．①I712.55

中国国家版本馆CIP数据核字(2024)第026188号

我在美国当精神科医生
[美] 杨伊德 著
WO ZAI MEIGUO DANG JINGSHENKE YISHENG

出版发行	中国人民大学出版社		
社　　址	北京中关村大街31号	邮政编码	100080
电　　话	010-62511242（总编室）	010-62511770（质管部）	
	010-82501766（邮购部）	010-62514148（门市部）	
	010-62515195（发行公司）	010-62515275（盗版举报）	
网　　址	http://www.crup.com.cn		
经　　销	新华书店		
印　　刷	天津中印联印务有限公司		
开　　本	890 mm×1240 mm　1/32	版　次	2024年3月第1版
印　　张	8　插页1	印　次	2024年11月第4次印刷
字　　数	163 000	定　价	69.80元

版权所有　　　侵权必究　　　印装差错　　　负责调换

推荐序

2023年1月2日,午饭的点儿,餐厅服务生端上来一盘热气腾腾的意大利肉酱面,并热情地招呼我享用午餐,我一边说着谢谢,一边拿叉子卷了一大卷意大利面往嘴里送,这时微信"叮咚"响了一声。谁啊?我心里嘀咕着,并下意识地放下叉子,伸手去拿桌边的手机,屏幕上弹出的是我在洛杉矶的好友、精神科医生杨博士的一条信息。我顿感好奇,心想:"新年第一天上班,杨博士找我,有啥重要事儿呢?"于是,顺手点开,原来他发过来的是一个文档。一打开,我就高兴地笑出声来:"哈哈,确实重要!喜事儿啊!我等这些文章等了足足10年啊!"

我顾不上吃饭,索性一口气读了起来。杨博士娓娓道来的文字,仿佛带我走进了洛杉矶的精神科诊所。我看到了一位走路颤颤巍巍的老先生,他住院期间半夜精神病发作,大闹医院病房,还打伤了隔壁床80多岁的老翁,被老翁的家属告上了法庭……老人能不能脱罪?医院有没有责任?官司怎么打?杨博士作为老人门诊时的主治医生能帮上忙吗?最后美国法官怎么判?……这篇关于精神医学的科普文章,简直就是一部好莱坞热门的医学片加庭审片,我看得停不下来。

"你吃好了吗?"服务生怯生生的问话打断了我的"好莱坞大片儿",我才发现我眼前的意大利面还是满满的一盘,居然一口没动,早已凉了。服务生欲言又止,我猜他大概想问:"是不是不好吃?"趁他还没问出这句话,我赶紧笑着说:"挺好!打包带走!"我的笑不是敷衍服务生的,我是真的很开心。我开心是因为杨博士终于把他在精神科诊所里看到的故事写出来了。

过去10年里,我们俩没少讨论这件事,他也一直因为患者隐私保护等原因迟迟没有动笔。我想或许我常说的一句话说服了他:"你的这本书一定能改变人们对精神疾病的误解,你将改变许多人和无数家庭的命运!"我真的不是在忽悠他,因为在杨博士这里,骑着哈雷摩托车的落魄牛仔和曾患有精神病的计算机小哥,因为积极配合医生的治疗,悲惨的命运真的改变了。

新年新气象!杨博士新年开工,就停不下来了。他先是两周写一章,后来是一周写一章,最后一周写两章,不到三个月居然写了10万字。更难能可贵的是,他每写一章都会发给我以及别的专家和朋友征求意见,甚至熬夜改了一稿又一稿。常常我早上醒来打开微信时,第一个跳出来的信息,就是他凌晨三点发来的文稿。

有一天,杨博士郑重地对我说:"我出国20多年了,不太了解国内的情况，不知道不太懂精神医学知识的普通读者会不会喜欢这本书。"于是，我就把初稿发给了一些我在国内的不同身份和年龄的朋友，有我认识的患者及其家属、朋友，也有我不知道是否和精神疾病相关的普通"群众"。

让我吃惊的是，不到24小时，第一个读者反馈就回来了。

一位在杭州某外企工作的白领丽人在微信中说："谢谢你，徐博士！幸亏你给我发了这些故事，第1章还没读完，我就吓出了一身冷汗，拍拍胸口又庆幸我及时读到了这本书。不然，我可能就会成为那个被关在美国监狱里的珍妮特！"

原来，去年秋天，她被医生诊断患上了中度双相情感障碍（又称躁郁症），她虽难以接受，但还是开始按医嘱服药。以前她有情绪波动的时候，会完全控制不住买买买的购物欲，还会大量透支信用卡。再加上工作不顺，情绪就抑郁低落，一病不起，甚至出不了门，才不得不求父母帮忙照顾并凑钱还卡。几个月后，她的情绪刚好些了，就在家人和朋友的鼓动下把药停了。看到这个书稿时，她已经有一年没去看医生了，还觉得自己好了。我很严肃地告诉她，躁郁症患者是不能随便停药的，因为她随时都可能经历过山车一样的情绪变化，可惜我的话并没有引起她的重视。

珍妮特的故事给她敲响了警钟。珍妮特因为停药一周，双相情感障碍复发，抱着女儿开煤气自杀了。后来，珍妮特虽被救活了，但她的女儿却死了，珍妮特被警察带走，面临着牢狱之灾。她由此想到了自己的行为，吓得不寒而栗。模特瑞莎的事情更是让她唏嘘不已。瑞莎因为三个月没去看医生，旧病复发，在阳台上褪去衣裙，大笑着跳舞，最后被警察带走、强制就医。

她告诉我，书稿还没看完，她就赶紧在网上预约了医生。她再次感谢我让她看到了这些故事，让她及时悬崖勒马。

三天内，很多人陆续给了我反馈。有位男士是北京某互联网大厂的高管，他原本一直认为自己是个优秀的管理者。他工作兢兢业业，做事力求细节完美，不仅对自己如此，对下属的工作更是毫不放松。他经常不满意下属的工作，很多时候干脆自己亲自干，但也因此耽误了很多其他重要的事，于是又不得不加班加点赶工作。几位团队成员忍无可忍，就申请换岗，显然是把他给"开了"。他最近正在为这件事上火。

斯蒂芬医生的故事让他觉得自己也是个极度变态的强制型人格障碍患者。他难以想象，如果被斯蒂芬医生逼得忍无可忍的下属集体造反的事情摊在他的头上，结局会怎么样。斯蒂芬医生的那句"改变别人不容易，改变自己更困难"的话，天天萦绕在他的心头。

还有一位48岁的来自上海的女士，她已进入更年期，感觉整个人都不是从前的自己了，浑身不得劲儿，不是腰痛就是头痛，整夜失眠，还看谁都不顺眼。家人对她颇有怨言，见她就躲着走。她以为更年期就是这样，结果看到书稿中有相似症状的贾思敏被诊断患上了更年期抑郁症时,她也去接受了治疗,之前的症状就完全消失了。她才知道原来更年期的各种不舒服也有可能是抑郁症的症状,要及时对症治疗。

广州一家有名的传媒公司的副总看了书稿后,特意跟我打了一个语音电话。这位先生一向口才很好,经常在各种论坛上发言,这次打电话时却变得有些吞吞吐吐。他磨磨唧唧地告诉我,他在英国读名校的宝贝儿子在疫情期间得了抑郁症,早就从英国回广州了,在家里待了快两年了,但他从来不敢告诉别人。他的儿子看了不少中医、西医,情况却始终没什么改善。孩子怕街坊邻居和亲戚朋友笑话,已经半年没出门了,天天沉迷于游戏,也不愿意再去尝试看新的医生,以寻求不同的治疗方法和帮助。他和妻子为此头发都愁白了。

书中马克的故事,让他和妻子看到了希望。一天晚饭后,他照猫画虎,像杨博士问马克那样,问了儿子三个灵魂问题,没想到茫然的儿子居然也清晰地回答"我愿意努力"。

虽然这句话只是漫长治疗过程的开端,但也足以让他深感欣慰。自从读了书稿后,他就了解到精神疾病的治疗要多管齐下、循序渐进,一步一步来完成。现在他们全家都看到了曙光,他儿子也主动提出要认真地读一读书稿。他一再感谢我让他们全家都有了期盼,有了方向。

各种美好的反馈不断地汇聚到我这里来,虽然不同的读者对不同的章节有不同的感悟,但结论是一样的:转念就在阅读间！我收获了无数的感谢，但我不敢贪功，我告诉每一个人，你们真正要感谢的是精神科专家杨博士。这些热烈的反馈让我看到，精神疾病离我们并不遥远，也许我们的家人或者朋友就深受其害。我们怎么忍心看着我们爱的人受苦呢？

在这里，我诚恳地邀请你来读一读杨博士的这本书。我深信当初我对杨博士说的那句话："你将会改变许多人和无数家庭的命运。"

徐逸庭

医学博士

美国心理学会 APA 会员

序

这本书写的是我在美国行医，从住院医师开始至今，近20年的临床故事以及心得感怀。在许多非专业人士眼里，精神学科都有一些神秘或令人困惑的影子，人们难免对其产生误解，甚至心生畏惧。其实精神学科非常接地气，没有什么可以恐惧的。在我们精神科，绝大多数临床病例是常见的抑郁症和焦虑症等情绪障碍疾病，真正有精神症状的患者不到临床病例的十分之一。

许多人一直搞不清楚精神科和神经内科的区别。从前我在国内的时候，因为精神科学发展相对滞后，人们往往把精神疾病和神经疾病混为一谈。其实，两者最简单的区别就是，精神科调整的是人体的神经认知功能，而神经内科治疗的是具体的神经损伤病变。对于精神疾病，大众有误解，患者也无所适从，求医时摸不清门槛，神经内科往往成为精神疾病患者寻求帮助的第一科室。于是，神经内科的医生们也不得不承担了精神科治疗的部分责任。

我毕业于国内的医学院校，毕业后主要从事医药科学研究。到美国后，我决意参加美国职业医生资格考试。作为世界大国，美国虽然称霸世界，十分蛮横，但好在它的许多科学领域还是讲究公平竞争的。非美国医学院毕业生的学历资格在美国是被承认的。你想在美国行医？可以！你无须再读一次学费高昂且门槛很高的美国医学院，但你必须和美国医学院的毕业生一起过五关斩六将，参加一轮又一轮残酷的医学考试。考试合格后，你才有资格申请参加全美范围内住院医师的培训。申请获批准后，你还要自费飞到美国各地，接受每家医院的面试。院方要看你的成绩和背景，还要看你过去接受的医学训练。接下来，主考官要问你的动机，考察你的兴趣，观察你与人接触的方式，评估你是否有做一名真正医生的潜能和素质。官方资料显示，在美国申请参加职业医生资格考试的中国医学院校的毕业生中，只有2.1%的申请者最后完成了艰苦的训练，取得了在美国行医的资格。

我放弃了不太合适自己的科研工作，转行做了一名临床医学工作者。我感谢上天给了我这个机会，让我能够救死扶伤，直接服务于社会，挽救生命和灵魂。冥冥之中，我觉得上苍听得见我的祷告。我非常珍惜这个灵魂再生的机会，脚踏实地治病救人，时刻关注着患者的生命和康复，用心倾听他们郁结不解的烦恼，细心地进行疏导，让他们有一个安全发泄悲苦、倾倒负面情绪的机会。

在这本书中，我收集了18个不同的临床故事，在讲述每个故事之前，我会用一两个小故事做铺垫。我希望用这些故事给广大的读者科普心理疾病诊断和治疗的相关知识。在每个故事里，我会在人物互动和故事发展中，点出几个常见的临床精神心理疾病的特征、诊断和治疗。我也想借助故事里不同的时间和空间，介绍在不同社会文化制度下，精神心理疾病发生发展、医疗救治规范、社会保障特色、法律人情斗争以及医患之间和医疗团队内部各种各样的矛盾。总之，我想尝试用文学的笔墨和尽可能浅显易懂的语言，来介绍专科医学知识，介绍不同地域的医疗文化、传统观念和艰难民生的现实冲突。在这些故事里，我尽可能不直接表达好坏对错的主观观点，而只是通过故事的叙述和人物间的互动，展现真实的生活。读者读罢可以自己品味，做出自己的评判。

美国国会于 1996 年制定了一部法案——《健康保险流通与责任法案》（HIPAA），其中包含分享个人医疗资讯和保护其免受未经授权之使用的规则，禁止医疗保健提供者和医疗保健企业向患者以外的任何人披露受到保护的信息。所以，这本书里的故事虽来自临床实践，但绝不是单纯的回忆和复述。文学来源于生活，又高于生活。我将无数个临床治疗故事如泥土一样打得粉碎，加水重新细细调和，再捏出生旦净末丑一个个不同的角色。我一遍遍地改稿，勾勒出众多栩栩如生的新面孔。

医生都接受过多年的职业训练，在冷静的外表下，往往藏着一副悲天悯人的热血心肠。我们不能见死不救，但救死扶伤也有道可循。由于精神学科的特殊性，在临床上经常有自杀的案例发生。要想及时发现危机、评判危机以及解除危机，就需要具备多年的临床经验和职业素养。作为精神科医生，面对信任与所托，我们将始终牢记自己的职责和使命。珍爱生命，从幽暗处发现软弱，在迷茫处制止绝望。给寒夜带来光明，给干旱送来甘露。

在医患关系中，尽管医生总是占据着主导和优势地位，但只要俯下身来仔细倾听，患者的各种负面倾诉总会让我们陷入云山雾罩的困惑中。日常工作中，我们犹如一只只垃圾桶，接受别人抛弃的源源不断的肮脏和丑陋。精神科医生必须接受特别的训练，要学会倒空别人的垃圾，避免让自己背负沉重的心理负担。我们要学会自净，保持清醒，并用善良去传递光明和希望。即使在最无奈的绝望中，我们也要让患者保有那最后的一丝希望。

许多患者会直接问我，人生到底有没有意义？人为什么要活着？我的回答往往让他们感到有些诧异，因为我不认为人生有任何特别的意义。但我会告诉他们，既然你有幸来到了这个世界，就应该珍惜上天给你的这个无比宝贵的机会。人生有很多艰辛、无奈和痛苦，再伟大的功业，最终都会归于尘土。你可以庸庸碌碌，你可以无所作为，但我希望你能够学会如何快乐。用你的五官和心灵去仔细体会世间的不同和生命的美好。春有细雨，夏有百花，秋有收获，冬有瑞雪；食有五味，音有五声，色有七彩，世有万物。你不必枯禅打坐去冥想，也不必劳心劳力去探究灵命。生活就是冥想，快乐就是灵命。你要从日常生活中不断地发现不同和新奇，去体会所有的真实和美好。工作只是你挣面包的手段，工作之余才是你自己真正的生活。物质生活的贫富人各不同，但寻求快乐的本能人人均等。

　　希望你在读完这本书后，不会让故事中某些不愉快的情节感染自己的情绪，要好好珍惜你现在拥有的快乐。如果你觉得生活中还有许多不足，你可以继续追寻。但希望你在漫漫的追寻过程中，能享受和珍惜所有的美好，找到属于自己的那份平静和幸福。

前言

爱利克·埃里克森（E.H.Erikson，1902—1994）是当代著名的德裔美国心理学家和心理分析学家，是新精神分析派的代表人物，他为人类成长心理学和心理发生发展的研究做出了杰出的贡献。埃里克森博士认为，人的自我意识发展会持续一生。他把人类从出生至生命终结，自我意识的形成发展过程划分为八个不同的阶段。人生的这八个阶段的发生虽然由遗传基因决定，但是每个阶段发展的成功与失败却与各个阶段的生长环境密切相关。埃里克森博士的学说被称作心理社会发展阶段理论。在心理社会发展的每个阶段，都有积极解决危机和消极应对危机的不同办法。积极解决有助于自我意识的加强，有助于形成较好的顺应能力；消极应对则会削弱自我，阻碍顺应能力的形成。

按照心理社会发展阶段理论，人类自我意识的形成发展包括以下八个阶段。

婴儿前期主要面临基本信任与不信任的心理冲突。这个阶段正常发展，解决危机和冲突，就会形成"希望"这一品格；如果危机没有被成功地解决，就会形成胆小惧怕的性格。

婴儿后期面临自主与害羞怀疑的冲突。在这个阶段中，儿童的自主性超过羞怯与疑虑，就会形成意志品格；相反，就会形成自他疑虑。

幼儿期面临主动与内疚的冲突。这个阶段的危机冲突得到解决，就会形成方向和有目的的品格；否则，就会形成自卑感。

童年期面临勤奋与自卑的冲突。成功度过这个阶段，就会形成能力品格；错误地应对，就会导致无能。

青春期面临自他同一性与角色混乱的冲突。成功解决这个阶段的冲突危机，就会形成忠诚品格；如果无法成功地解决冲突危机，就会形成不确定性或无归属感、为人冷淡冷漠、缺乏关爱的意识。

成年早期面临亲密与孤独的冲突。性的和谐美满有助于形成爱的品格；性的缺失与伤害会导致混乱的两性关系。

成年后期面临传承创新与停滞迷茫的冲突。成功跨越这个阶段，就会形成引导和关心的品格；陷入冲突纠结，危机重重，就会形成自私自利的性格。

老年期面临自我完整与绝望的冲突。睿智成功地解决人生最后阶段的危机，就会形成智慧的品格；悲伤后悔则会产生彻底的失望和无意义的人生悲叹。

由此可见，人生每一个阶段的健康发展都非常重要，不可忽视。在精神科临床上，我们可以从患者表述的精神症状和表现的人格特征中，发现并回溯他们在人生不同发展阶段积极解决或消极应对危机的结果。心理分析和治疗是智慧的科学诊疗手段，而不同的心理分析治疗手段对心理症结的解决也会带来完全不同的结果。

根据世界卫生组织（WHO）的统计，世界上每八个人中，就有一个人有精神障碍。精神障碍的临床特征主要包括个人认知、情绪调节或行为紊乱。精神障碍及其导致的社会精神健康问题范围更广，涵盖精神障碍、心理社会残疾和其他与显著痛苦、功能障碍或自我伤害风险相关的精神状态。许多精神障碍是有行之有效的预防和治疗方案的，但大多数人未能获得有效的医治和帮助。精神疾病患者经常会遭受歧视和羞辱，他们的治疗和学习工作等权益常常被侵犯，缺乏保护。

精神和心理疾病的科学治疗在西方已有上百年的历史。在美国，精神科是排在内外妇儿科后的第五大医疗科室，各级政府每年都会投入巨资防治精神疾病。在美国，治疗每一个精神疾病患者都采用"生物 – 心理 – 社会"协同治疗的方法。患者除了需要药物和心理辅导外，还需要社交方式的改变、积极的身体锻炼、家庭成员的支持和社会制度的保障，尤其是严格的法律制度的保护和监督。这一切都是积极探讨并完善精神心理疾病的治疗康复的结果。

美国是世界文化的大熔炉，移民来自世界各地。我在美国行医的 20 余载，在临床上遇见过不同族裔、不同肤色、不同宗教信仰、不同性别取向、不同文化背景的众多患者。尽管每个人求治的原因不同，但仔细分析每个病例，都可以从他们身上发现不同的人格特质，探索患者精神和心理疾病发生发展的可能原因。作为精神科医生，虽然我们的主要治疗手段是药物，但了解患者的复杂心理状况，理解他们的感情和情绪的冲突，引导和疏解愤怒和忧伤郁结，可增加患者对医生的信任度，促进患者的治疗配合度，改善患者对药物的顺应性，避免不必要的医患冲突和误解。

根据患者所患疾病的性质不同，临床治疗分为对因治疗、对症治疗和姑息治疗。现代医学不能包治百病，不能除根的就对症处置，不能对症的就尽可能缓解痛苦。精神医疗也是如此。"有时治愈，常常帮助，总是安慰"（To Cure Sometimes, To Relieve Often, To Comfort Always），这是美国纽约东北部撒拉纳克湖畔特鲁多医生的墓志铭。

特鲁多医生的墓志铭告诉他后来的医学同僚们，医务人员的职责不仅仅是治疗，更多的是要去安慰、帮助、倾听和理解。医学是一门严谨复杂、精细锤炼的应用科学，医生不是全能的，医生也可能犯错，甚至犯很严重的过错。医学技术自身的功能其实有限，未知的领域永无止境。一个好的医生必须具备专业的素养、理性的谦卑、道德的操守和良善的本性。人文关怀需贯彻于医学治疗的全过程，束手无策并不代表治疗的结束，关怀和安慰才是治疗的开始。医疗需要人性光芒的传递，医生要做希望和信心的传递者。倾听和理解是医学的真谛，关怀和安慰始终抚慰着肉体的创伤和心灵的哀痛。

目录

001 – 第 1 章　意想不到的结局
017 – 第 2 章　豪门诗意到失意
031 – 第 3 章　梦里花落知多少
043 – 第 4 章　过早遗忘的时光
053 – 第 5 章　藏在温柔中的忧伤
063 – 第 6 章　寻爱中的迷失
077 – 第 7 章　是理想还是执念
089 – 第 8 章　让人窒息的完美追求
103 – 第 9 章　悲剧的账算在谁头上
117 – 第 10 章　两代人的悲伤
131 – 第 11 章　妥协有时是最好的选择
141 – 第 12 章　无法挽回的错误
155 – 第 13 章　幸不幸福，谁做主
169 – 第 14 章　侠骨柔情最动人
183 – 第 15 章　人生三部曲
195 – 第 16 章　绝望中的选择
207 – 第 17 章　一段不美妙的插曲
221 – 第 18 章　世间难道真有因果

234 – 后记　生活就是冥想

第1章 意想不到的结局

从事临床工作久了，我发现了一个现象。在某一个工作日内，会看到许多病症类似的新患者，好像大家都约好了一起来诊所。今天来的患者可能多数是焦虑症，明天来的患者可能多数是躁郁症，后天来的患者可能都是精神分裂症。人体内有各种不同的生物钟，每种生物钟都有自己的循环规律和周期性。人的情绪起伏和月亮的盈亏圆缺密切相关，这大概也是另一类天人合一。比如，女性的周期如潮汐，情绪会随着月经周期的变化而变化。月满则亏，水满则溢。大多数女性在月经前或刚来月经的那几天会出现明显的情绪变化，变得烦躁、悲伤、焦虑或愤怒，这类症状统称经前期紧张综合征。

每个人都有自己的小世界。无论男女，生理和情绪变化都有一定的规律性。人类进化到今天，最大的进步就是大脑皮质对人的本能有了自我控制。理智控制了性冲动，降低了物质欲望，改善了情绪起伏。尽管如此，潮起潮落、月亏月盈还是与人的情绪障碍有着种种关联。我在临床实践中的确发现，许多患双相情感障碍（躁郁症）的患者在月圆的时候发生狂躁冲动的概率较高。

我在做住院医生期间，经常需要在急诊室值班。月圆的那几天，每次交接班时，交班的医生都会半开玩笑地对接班的医生说："小心了，今天是满月。"确实，在满月那几天，精神科的急诊人数会非常多，双相情感障碍病人也会比较多见。

双相情感障碍是一种既有躁狂症发作，又有抑郁症发作的常见精神疾病。抑郁症在青少年时期便可发生，躁狂症首次发病的平均年龄约为23岁。在躁狂期，患者有自大妄想、情感高涨、思维跳跃、冲动危险行为、滥用金钱、强烈性兴奋、言语增多、睡眠少、精力极度充沛的表现。而患者在抑郁期则有情绪低落、悲伤易怒、对外界一切丧失兴趣、睡眠困难、严重焦虑、疲劳迟钝等症状。

躁郁症患者的情绪周期变化缺乏规律性，有些患者还会出现幻听、迫害性妄想、自杀和攻击性行为。躁狂或抑郁发作会循环往复，如潮起潮落。在发作的间歇期内，患者的社会功能相对正常。但频繁的躁郁发作对患者大脑的神经认知功能会有潜在的损害。

一个月圆之夜，我在急诊室值班时，连续接诊了两位特别的患者。这两位患者的出现都有些戏剧性。如今想来，从事我们这行的，总能与某些特别的人物不期而遇。

急诊室的患者向来苦多，我们接待的70%的患者其实并不符合急诊条件，从某种意义上来说，急诊资源并没有用在最需要的地方。那天晚上我需要看的第一位患者，其求诊的理由竟然是"找个睡觉的地方"。我一看这个理由就不愿意了,立马给转诊的内科医生打电话,问他:"这种患者为什么不推荐给急诊室社工?我一个精神科医生到哪里给患者找睡觉的地方?"内科医生忙说:"你先别着急,看看就知道了。"

患者是一位40多岁的白人男性,中等身材,不胖不瘦。他坐在病床上,见我进来,礼貌躬身打了个招呼。我问他是谁推荐来急诊室的,他说是他在大街上遇到的一位病友。我看了看他,身上的衬衣虽是半新,但一看就是几天没洗的样子,外面穿的一套休闲西服还算整洁。我细细询问了他的病史,他对答如流,思维清晰。他自我陈述,几年前被正式确诊了躁郁症,但他不听医生的建议,拒绝接受治疗。他说,在过去的两年内,他把所有家产都捐赠给了他的朋友们。

听他这么说,我不禁皱起了眉头,实在想不出眼前这位男子能捐出什么家底。男子自述他有过几处漂亮的房产和三辆豪车。过去两年内,他在躁狂期间,在朋友们的蛊惑下随意捐赠了他的财产。他太太无法阻拦他的荒诞行为,气愤地与他离了婚,并带走了三个孩子。他自称,他已经把属于自己名下的房产和豪车全部送给了朋友。现在,他花光了积蓄,成了无家可归的流浪汉。

他的一番话听得我云里雾里,我根本不相信他说的话。男子见我似乎不信他的话,急于想在身上找些文件证明给我看。只是,他在全身上下翻了一通,却只找到几美元和一张俱乐部会员证。

当我和男子交谈的时候，我的上级医生进来了。他坐在一旁静静地听着，没有插话。他接过男子递过来的会员证，仔细核对了患者的姓名。

回到急诊室医生办公室，上级医生问我对男子有什么印象。我摇摇头，说对男子的自述表示怀疑。患者曾经是有妇之夫，有家庭，虽然离了婚，但随随便便将财物送人，这么快败光了所有家产，实在匪夷所思。上级医生笑了笑，说他相信患者说的话。他问我看过那张俱乐部会员卡没有，我说看了，但不清楚是一个什么样的俱乐部。上级医生说那是一家非常高档的特约会员制健身馆，会员都是高收入人士。上级医生颇有些自得地说："我就是这个俱乐部的会员。"

我上网快速查了一下患者的信息。不查不知道，一查吓一跳。这个穿着脏衬衣的、貌不惊人的平常男子竟是一位美国大名鼎鼎的畅销书作家。当然，他的作品更新止步在两年之前，这两年他没有任何新的作品。

对于我这个当时正在接受训练的住院医生来说，这种大起大落、乾坤扭转的故事听起来简直就是天方夜谭。但这样的事情真真切切地发生在我的身边，让我大为震惊，也让我更为警惕。从此以后，在我多年的职业生涯里，每当我遇见躁郁症患者，如有必要，我都会征得患者和家属的同意，给他们在经济上加上一道保护锁。我会给他们的银行出具疾病诊断证明书，限定他们每月的信用卡花费不能超过 1000 美元。许多患者家属对我的这一办法十分感谢，并大加赞赏。

眼前的患者并不符合精神科的入院治疗标准，我推荐他去了政府部门的精神卫生中心继续治疗。我也没有办法给这位大作家找个地方睡觉，最后还是拜托急诊室的社工给他在收容所暂时找了个安身之处。

刚处理好这个病例，就听急诊室的一间病房里传来了一阵爽朗的笑声。这笑声听上去过于豪迈，明显兴奋过了头。

循着笑声的方向看去，急诊科医生正和一位坐在病床上的年轻人说着什么。年轻人身边站着一位衣着时尚的绝色佳人，她把手放在年轻人的背上，不断地轻拍，安慰着他。急诊医生看见了我，笑着对我说："这也是你们科的患者，麻烦你先看一下。"

年轻人是一个金发蓝眼的白人，皮肤白皙，但脸色通红，有点酒后充血的样子。我和他打了个招呼，未等我发问，年轻人就噼里啪啦快速地发了一通牢骚，无非是埋怨他的家人不理解他，认为他的判断力出了问题，非得逼他过来看医生。

我看了一下他的病例，上面有个急诊室约定俗成的特别标志，通常代表特殊的患者。否则，急诊室值班医生也不会立即就让我来接手了。看了患者的姓氏，我立马就知道此人来头不小，他的家族是医院的一个重要金主，每年都会给医院捐赠大笔慈善资金。这个家族经营着美国最大的酒店企业，声名赫赫。

旁边的佳人自我介绍是年轻人的太太，她说她先生过去这几天特别兴奋，睡得也很少。除了高谈阔论之外，花钱也如流水。昨天，他去特美谷酒庄品酒，酒庄老板一忽悠，他立马买了150万美元的葡萄酒。今天，酒庄老板又打来电话，推荐了几百万其他的酒类。家里人见他言无章法，做事冲动，觉得他有问题。他们家族虽然有钱，但他本人对酒不懂行，更不是藏家。他太太见他满脸通红，怕他吸了毒，精神状况出了问题，连哄带骗地把他带到了急诊室。

特殊患者自然要特殊对待。半小时之内，患者的所有检查结果都送了过来。看起来他们心肝脾肺肾功能样样正常，身体非常健康，尿液里也没有任何毒品残留的痕迹。我询问了他的家族史，他太太说家族里有个女性表亲也有类似的病症。这个表亲曾经因为过度兴奋，大闹了某个娱乐场所，一度还上了娱乐花边新闻头条。

诊断是明确的，这个年轻人有轻度躁狂症，我建议他接受药物治疗。我给年轻人安排了随访，让他去见一位我的上级医生。这位医生可是真正的名医，拥有美国"最好中的最好医生"的头衔。在精神科这个专业领域，全美国拥有这种头衔的医生只有数十人。

年轻人一听还要他继续看病，觉得我们的讨论非常有趣，又忍不住大笑了起来。他指着自己的太太、我和刚刚赶过来的一位医院负责人说，要去看病的应该是我们。他认为自己头脑敏锐，懂得抓住商机，做的是准确的投资决定。他还说他正在考虑是不是要买下这个酒庄，继续投资把酒庄做大做强。

年轻人说罢，仰天大笑，撇开了众人，扬长而去。他当时的姿态神情简直帅呆了。众人面面相觑,一时无语。我甚至反思,自己是否在诊断上考虑得不够严谨。

这事过去一周后,听我那位上级医生说,年轻人没有随访治疗。不久,我也得到消息,年轻人出现了更典型的躁狂症状。这次他的病情比较严重,被强制收进了医院。不过,对特殊患者,医院有特殊的对待,他们不会被直接送到精神科病房,而是会被安置在医学中心某层的高级套房里,由我们医院的院长每日直接查房治疗。

冬去春来,潮起潮落,日子过得好快。我住院医师培训结束后,去了一家政府心理精神卫生中心兼职工作。

这天,中心里来了一对母女,患者是一个20岁的女孩,她是在校大学生,名叫珍妮特。她在精神科住院治疗了近两个月,前几天刚刚出院。听珍妮特的妈妈说,她女儿以前从没有过任何精神病史,两个月前突然出现躁狂症状,一个星期都没怎么睡觉,后来还出现了幻听、幻视和妄想症状,精神彻底崩溃。她整个人失去了理智,对时间、人物、地点和事情完全丧失了辨知能力。

珍妮特经过住院强化治疗,精神状态基本恢复,她目前没有任何遗留症状,思维、行为、判断表现正常,但完全记不清自己在疾病初期发生的任何症状了。目前,她仅仅口服一种药物,睡眠良好,记忆力尚可,她准备重回学校了。

珍妮特从小就失去了父亲,对父亲没有什么印象。她妈妈在一旁补充说,珍妮特爸爸患有躁郁症,在珍妮特四岁时死于自杀。据她妈妈了解，珍妮特父亲的家族有躁郁症遗传病史，已有数名家庭成员自杀身亡。

精神疾病患者有一定的自我伤害风险。有研究表明，忧郁症患者的成功自杀死亡率是 1/100，精神分裂症患者自杀死亡率约为 10%。而躁郁症患者自杀死亡率平均为 15%，是所有精神疾病患者中自杀死亡率最高的群体。

珍妮特是一个非常文静的女生，模样清秀可爱。我没有见过她躁狂时的样子，也很难想象她发病时的表现。她知道自己病情的严重程度，所以在治疗上一直与医生积极配合，认真服药。她的情绪稳定，在接下来的几年中都平安无事。

珍妮特慢慢长大了，面容清秀，充满青春活力。她学习成绩也不错，本科毕业后接着读了硕士。和大多数女孩一样，她有了许多追求者，也坠入爱河，并与其中一位优秀的男生结为夫妻。

珍妮特婚后有了孩子，是个美丽的小天使。她的女儿其实得来不易。珍妮特一直不敢停药，她婚后常常向我咨询，如果她打算怀孕，是否需要停药一段时间。我告诉她，她服用的那种抗精神病药物对胎儿致畸的副作用相对较小。不过我还是建议她若有备孕准备，可考虑短期停药，至少在怀孕初期的前 12 周停止药物治疗。珍妮特接受了我的建议。

许多事情就是那么碰巧，珍妮特因为长期服用抗精神病药物，生理周期不准确，时有紊乱。平时他们夫妻一直是采取避孕措施的,只是偶尔会忽略一次。珍妮特突然意识到她已经几个月没来例假了,约了妇产科医生一看,发现自己已经怀孕三个月了。妇产科医生对她的身体做了全面检查,确认她腹内胎儿的发育一切正常。这位女医生非常有责任心,特地打电话给我,讨论珍妮特孕期治疗的注意事项。考虑到胎儿已经成形,器官发育完全,在权衡了利弊风险后,我们都不建议她停药。我们还是担心她一旦完全停药,万一在孕期发生躁狂或抑郁症状,将会给她自己和胎儿带来不必要的伤害。

十月怀胎,一朝分娩。珍妮特生产很顺利,可是两个月后,她出现了典型的产后抑郁症的症状,除了常见的忧伤焦虑、失眠哭泣和兴趣缺失,还出现了迫害性妄想。她一直怀疑自己被政府部门监控,并且抱怨她的先生对她不够信任,不相信她所说的都是事实。更要命的是,她开始拒绝吃药,她怀疑自己的药物可能被别人调包了。

因为担心女儿产后可能会出现病情反复,珍妮特的妈妈这两年一直都小心翼翼地照看着她。一看女儿这样,妈妈赶紧搬到女儿家。珍妮特的妈妈除了帮助照顾婴儿外,最主要的工作就是保证女儿按时服药治疗。我也给珍妮特的药物做了调整,并让她每两周来中心回访一次。功夫不负有心人,两个月后,珍妮特的抑郁症状明显改善,她的精神和身体都恢复了。大家悬着的心也终于放了下来。

珍妮特的先生工作繁忙,经常奔波于全美不同的地区,对家里的照顾有限。珍妮特因产后抑郁症的关系,一直没能回到从前的公司工作，在家里相夫教子，成了家庭主妇。她的女儿小，琐事多，她自己一个人打理，经常忙得不可开交。好在她妈妈就住在附近的城市，能经常过来帮她。有时女婿出差时，母女俩就互相陪伴，日子过得也很快乐。

这个故事原本应该有一个美好的结局，可是珍妮特终究没能逃脱她父亲家族基因的影响。正如莎士比亚剧中一句被广为引用的台词："我猜中了这个故事的开始，我将上帝赋予我的一切都奉献给了你，但我却没能料到这个故事的结局。"

悲剧发生在两年之后。一天早晨，中心接到了珍妮特先生打过来的电话，他在电话那头悲痛万分。他说，珍妮特昨夜带着女儿开煤气自杀了。珍妮特送医后被救了回来，但是他们的女儿没能再睁开眼睛，美丽的小天使回了天堂。

我接到诊所工作人员的通知后，紧急联系了珍妮特的先生。她的先生虽然泣不成声，但从他断断续续的描述中，我整理出了事情的大致经过。因为珍妮特这两年情绪基本稳定，日子过得开开心心，家人都有些大意了。珍妮特先生一如既往地忙碌，她的妈妈只是有空才过来看看女儿。珍妮特先生这次出差时间稍长，昨晚回来后发现珍妮特情绪不对，一问才知道她自己已经把药停了一周多了。珍妮特当时非常激动，不断地和他发脾气。他出差刚归来，十分疲倦，只好安慰珍妮特，并说好明天带她去看医生。他困极了，便去了另一个房间睡觉。

夜里，珍妮特先生突然闻到家里有浓浓的煤气味，他捂住口鼻，打开窗户，接着发现厨房里的煤气全开着，珍妮特抱着女儿倒在地上。他慌忙将母女俩拖出屋外，并打电话给急救中心。只可惜孩子年龄太小，身体耐受力弱，煤气中毒严重。急诊室的医护人员虽尽了全力抢救，但还是回天乏术。

我下意识地看了一下日历，这是一个月圆之夜。珍妮特没能躲过这个传说中的魔咒。冥冥之中，难道她命中注定有这一劫？

珍妮特中毒不太深，在医学中心治疗一周后，身体生理指数基本稳定。但她的抑郁症状没有好转，并有严重的幻听和妄想症状。更令人伤感的是，珍妮特的自杀行为直接导致了她女儿的死亡。待珍妮特身体状况稳定后，她被警方直接从医院带走并拘押起来。珍妮特的行为已经涉嫌刑事犯罪，中心也只能遵循法庭要求，提供她既往治疗病史资料，并配合警方的调查工作。

美国的《健康保险流通与责任法》（HIPAA）要求制定国家标准，以保护敏感的患者健康信息，不在未经患者同意或病人不知情的情况下泄露其信息。临床上，未经病人和患者合法监护人的授权，医院和医生是绝对不可以向任何人披露患者的病情及治疗信息的。但是，在确定披露对于达成适当司法行政目的是必要的条件下，法官可以下令披露患者的信息。这种情况下，患者信息不能受到特权保护。

两个月后，我收到一个特别的电话，是法庭为珍妮特指定的辩护律师打来的。那位女律师名叫切尔西，她告诉了我珍妮特被拘押后的一些情况。她说珍妮特目前精神状态非常不稳定，拘留中心虽有专职精神科医生对她进行诊治，但珍妮特不愿意服药，拒绝治疗。女律师探视了她几次，珍妮特也不配合，拒绝回答律师的任何问题。切尔西是位负责任的律师，她看了珍妮特多年的治疗记录，觉得珍妮特应该对我有一定的信任感，毕竟在多年的治疗中有良好的医患配合。

切尔西律师的请求触动了我对珍妮特从前治疗的许多回忆。因为精神疾病的原因，她现在身陷囹圄，我能够想象到她内心的那一份绝望。我快速查看了一下我的工作安排，然后和切尔西律师约好了共同探视珍妮特的时间。

法庭和拘留中心探视的所有申请都是切尔西安排好的，她给我发来了探视的具体地址。拘留中心离我们中心不算太远，半个多小时的车程。我去的那天正下着大雨，路上有些延误。等我到时，切尔西也刚到。我们虽然只是在电话里有过交流，但不用自我介绍就认出了彼此，我俩相视而笑。

从外观上看，拘留中心像是一家装饰着玻璃幕墙的五星级酒店。大楼外面除了街道号码，没有其他任何标识。但紧挨着大楼的其他建筑是法庭和一些相关执法机构，这些建筑外面的标识却很明显。进入大楼，首先看到的是一个不锈钢防护栏栅和防弹玻璃组成的柜台。切尔西提供了法院通知和我们的个人证件。很快，一位漂亮的女法警出来接我们进去。

看样子切尔西是这里的常客，她与女法警很熟悉，两人一路笑着聊天，也给我介绍了哪里是监区，哪里是警卫室，哪里是会面室。进入内部，霎时间就不见了大楼外表的奢华，首先映入眼帘的是完全没有任何外装饰的灰色混凝土墙面和一道道厚重的黑色铁门。内部的监控人员通过对答系统开启一道道关卡。电梯里没有任何控制开关，就是一个从外部控制的升降机。大楼内部沉闷压抑，空气中飘浮着冰冷和绝望的气息。

女法警请我们在会面室稍候，说珍妮特马上就到，她已经通知监室内的法警了。正说话间，走廊上传来了铁链的刺耳摩擦声。只见珍妮特身着红色囚衣，手脚都戴着镣铐，正一步步艰难地挪进房间。一条长长的会客桌放置在屋子中间，女法警让珍妮特坐在桌子的另一端，她自己站在室外警戒。

珍妮特见到我应该有些意外，不过她没有说话，只是点点头，算是和我打了招呼。切尔西很认真地重新介绍了自己，并表示作为法庭指定的辩护律师，她将会尽力帮助她的委托人。珍妮特和律师没有眼神交流，只是轻轻地摇摇头，说她不需要什么帮助。珍妮特举起了手中的镣铐，反问了切尔西一句："你能让我出去吗？"接着，她扭过头去，目视天花板，喃喃自语。

切尔西的目光移向了我，意思是该我登场了。其实，在出发之前，我也思索了很长时间。珍妮特现在不服从治疗，精神症状无法控制，她自杀未遂，关在大狱里，一定是绝望至极。在这个世界上，还有什么值得她留恋牵挂的呢？

我看着珍妮特,即便她一直在试图回避我的目光。我告诉她,自从她被带离了医院,她的妈妈已经来诊所找过我好几次了,想要了解她目前的情况。我告诉她,她的妈妈非常想念她,也非常担心她。她是她妈妈唯一的孩子,也是她妈妈在这个世界上的唯一牵挂。

"我妈妈能到这里看我吗?"珍妮特突然问。

"完全可以!"切尔西律师赶紧接话,这是珍妮特第一次主动向她提问题,"我想,你的这个请求应该能够得到法官的批准。你如果也想见你的先生,我也可以帮助你申请。"

"不!我不想再见他,我知道他不会原谅我的。"我忽然发现,珍妮特在说这些话的时候,她的意识判断很清晰。她接着说:"我忘了向我妈妈告别。这么多年来,她照顾我太辛苦了。可是,我原本就不应该来到这个世界上。"

"珍妮特,你想告诉你妈妈的话,你应该见面的时候自己和她说。我只想让你知道,除了你的家人外,法律上的事,你要绝对相信切尔西,她是你的律师,代表的是你的利益,她会尽最大可能去帮助你。如果你对这个世界还存有一丝希望,请你告诉她你的需要。"我说。

我们和珍妮特的会面原定是半个小时,后来延长到了一个小时。女法警非常通情达理,她见珍妮特开口说话了,就耐心地等待着,给了切尔西律师和我充足的时间。这是我从这个冰冷的混凝土牢狱中感受到的真挚的人间温暖,还有法律严酷与人性善良之间可贵的平衡。

我告诉珍妮特，根据律师的经验和我的分析，类似她这样的精神疾病患者如果出现了刑事案件，一般都会被送到医学法庭接受审理。法官会根据控辩双方的陈词，做出最后裁决。我安慰她说估计她不会被递解到监狱，最大的可能是被送去州精神病医院接受强制医学治疗。切尔西律师补充道："我想，你一定有和你妈妈团聚的那一天。我愿意帮助你，请你配合。"

会面结束后，珍妮特吃力地挪动着双脚，疯疯颠颠、自言自语地走出了房间。可在出门的那一刻，她回头看着我和切尔西，我看到她的脸上两行清泪慢慢流下。

切尔西律师激动地拥抱了我，非常感谢我陪她来探访。珍妮特终于接受了她，这是一个希望的开始。

一切正如切尔西律师分析和预料的，庭审后，珍妮特被直接送去了州精神病院接受强制性住院治疗。我询问了一位在这个系统工作的医生朋友，类似珍妮特这样的情况大概会被强制治疗多久。那位朋友给的答案是说不准，要看患者治疗的配合度和届时的安全性评估，但希望总是有的。那位朋友还说，有些患者三五年后会出院回家，但其中大多数人还会被法庭强制要求继续接受专科门诊的定期治疗。

朋友的话让我一直纠着的心轻松了许多。我真切地希望能有那么一天，那位曾经秀气可爱的小女生和她妈妈一起重新回到中心来见我。对此，我比其他所有人都有着更为坚定的信心。

第 2 章 豪门诗意到失意

我曾看过一部电影，名为《疯狂亚洲富豪》，这是由一群年轻的华裔演员拍摄的低成本佳作。我觉得从故事情节、演员水平、音响舞美等各方面来看，这部电影都是上乘之作。比起某些大导演动不动就推出的数亿美元的大制作，这部电影让我感觉到了完全不同的清新气息。原本我想这部电影可能和奥斯卡小金人还能沾点亲。遗憾的是，那年好莱坞杜比剧院红地毯走过后，这部好影片便渐渐被人遗忘了。

豪门的故事总是格外吸人眼球。许多优秀女性，特别是娱乐文体行业的明星人物，一旦功成名就，便会传出要嫁入豪门贵公子的八卦。然而，世事无常，往往悲喜交加。真正有本事的女子自然不会迷失自己的本性。她们活得坦然真实，上得了厅堂，下得了厨房，相夫教子，事业有成。对于豪门来说，美貌从来不是第一选择，旺夫旺子旺家，这样的妻子才是多数豪门首要的选择。

几年前，有一对60多岁的华人周姓夫妇来看我。他们每次来的时候都有一位30来岁的年轻帅哥陪着。听周先生说，他们住在唐人区的公寓里，从那里到我的诊所需要倒几趟公交车。他们俩不懂英文，摸不清东西南北，所以每次都是朋友帮忙开车送过来。陪同的帅哥话不多，有时坐在候诊室等，有时待在楼下自己的车里。我问他是不是周先生的儿子或女婿，他笑着摇摇头，说他们两家是世交，是朋友关系。

周先生和周太太来美国的时间不算太长，属于亲属移民。听他们说，他们的女儿十年前来美国留学，毕业后在一家顶尖的美国大公司就职，结婚后就辞职在家带孩子。他们夫妻俩只育有这一个女儿。女儿担心父母住得太远，不能经常探视，便帮他们申请了移民。他们的移民申请一切都很顺利，周先生和周太太也来美国好几年了。

我询问了他们的病情，发现两个人都有明显的抑郁和焦虑的症状，符合抑郁症的诊断标准。周先生的情绪还不算太差，周太太的症状比较严重。除了频频惊恐发作，她自述还有自杀的念头。还好只是念头，她并没有自杀的倾向和计划。

据周先生说，他们以前在国内时，从未有过任何精神方面的问题，生活虽不富裕，但总体上还过得去。他们的女儿从小乖巧懂事，品学兼优，属于学霸一类的高才生。女儿高考后进入北京一所顶级名校，毕业后又拿到了美国某名牌大学给予的全额奖学金，留学来美。在经济上，女儿从来没有给过父母任何压力。她工作以后，给了父母许多经济上的支持。老两口国内的住房也是女儿帮他们买下的。

"那你们是不是不太适应美国的生活？"我试图分析这种

可能性。

"开始是有些不习惯,但在这里住的时间长了,慢慢结识了不少朋友,感觉好多了,"周先生回答我说,"我们住在唐人区,国内的商品应有尽有,什么也不缺。女儿帮我们租了公寓房,每月定期给我们的账上转来生活费,根本用不完。"老先生又补充道,"我们俩在国内都还有退休工资呢。"

我想了想,接着问:"女儿女婿经常来看你们吗?"

周太太低着头,嘴角动了一下,没有搭话。还是周先生回答我说:"女儿一个月来看我们几次,女婿太忙,一般不会来我们住的地方,但经常会请我们去饭店吃饭,每次都要花不少钱。"

我问道:"女儿女婿请你们去过她家里吗?"

"去过两次,"周先生说,"女婿的家是个大家庭。女婿是他们家中的长子,和父母住在一起。他们家是很富有的大户人家。女儿虽然和公公婆婆住一起,但那是一座深宅大院,一前一后有两栋豪宅。女儿女婿住前面的那栋楼,公公婆婆住后面的那栋楼。他们家房间里到处摆设着漂亮的瓷器和古董,还雇着七八个用人。"

我一听不由地扬起眉来。在美国,虽说有钱的人家比比皆是,但美国人工费太高,能雇得起七八个用人的家庭非豪即贵,应该不是普通的豪门。

"你们的女儿是嫁入豪门了。"我半开玩笑地说。周太太慢慢抬头看着我，幽幽地叹了口气道："钱多了又能怎么样呢？我女儿至今还未能给公公婆婆添个孙子，她婆婆的脸色越来越难看了。女儿每次来看我，谈到此事，总是哭。"

犹豫了一下，我还是问道："你女儿的婆婆对她不好吗？"

"没有！"周太太轻轻摇了摇头。她眼睛没有看我，在回忆着什么，"我女儿天生丽质，聪颖过人，女婿苦追了她几年。听我女儿说过，她的婆婆在第一次见她前，还请私家侦探跟踪了解了她的情况，这些还是婚后女婿告诉她的。婆婆和我女儿第一次见面，单独和她谈了几个小时，从头到尾就是询问我们家的情况和她的学历工作。婆婆拗不过她的儿子，后来总算同意了。"

"婚礼的当天，按她公婆家的规定，我女儿正式改口喊公婆爸妈。她婆婆让用人搬来一台电子秤，让我女儿站上去称体重。我女儿不知道婆婆的用意，不敢不从。称完体重，婆婆按她的体重给了同等重量的黄金。她又把黄金换算成美元，当即开支票给了我女儿。我女儿还被告知，婚后每生一个男孩，她就会拿到等同于100千克黄金的美元奖励。我女儿也被要求婚后辞职，在家相夫教子。"

我听到这里，惊讶地愣了一会儿。这才是实实在在的华人富豪，这般做法，一般大户人家也玩不出来。

和周姓夫妇俩谈论了药物治疗方案后，约他们每月复诊。后来面诊时，通过与他们交谈，我陆陆续续对他们女儿的现况有了更多的了解。周小姐婚后连续生了两个女儿，中间她有数次怀孕，超声波检查显示都是男胎，可惜的是，这几个数月大的男胎都没能保住。婆婆有两个儿子，但特别看重长子长孙。大媳妇连续流了几个男胎后，她婆婆的脸色也变得非常沉重。她虽未责骂，但反复告诉周小姐，作为媳妇，传宗接代是她的责任所在。言外之意就是，周小姐若生不了男孩，她的婚姻就会有问题。

她婆婆家有的是钱，早就请好几位妇产科顶级专家给她检查过了。周小姐做了多项化验，结果也没有发现她有什么明显的健康方面的问题。她的婆婆也很公平，同样让自己儿子也接受了各项体检化验，他的结果也无异常。

因为我们精神科医生工作中涉及治疗先天遗传疾病所致的精神问题，所以对某些遗传性疾病的发生发展有一定的了解。我仔细询问了他们的家族疾病史，没有发现什么异常之处。周太太姐妹三个人，她的两个妹妹生的也都是女儿。

我说不出什么，但隐隐觉得周太太的家族遗传史可能有些问题。虽然过多地反复询问周太太的家族病史让她有不少压力，但我觉得病史的调查对他们的某些困惑应该可以提供一些帮助。

听周先生讲，他的太太年轻时也小产过几回，她的妇产科医生都为她可惜，说小产的都是男胎。当地的医疗水平有限，医生只给了一些安胎保胎的常识教育。周太太直叹气，说她的妹妹们一样不幸，小产流掉的都是男胎，没有一个足月分娩的。

周先生和周太太提供的信息让我心生警觉。因为有一种遗传性疾病，基本符合周太太所描述的家族特征。可是，我需要告诉他们吗？这对周先生和周太太的抑郁症治疗有帮助吗？

周先生周太太都是明白人，否则也不会生出这么一个优秀的女儿。见我迟疑不决，言辞含糊，他们反而不说话了，怔怔地望着我。

时间似乎凝滞，还是周太太先开了口："按您的意思，是不是我们家有些家族方面的问题？"

我想了想，说道："我虽然不是遗传病学的专科医生，但我估计，您的家族可能存在某些家族性基因的问题。如果您觉得有需要，我建议您去看遗传科的专科医生。"

周先生和周太太相互一望，眼神里有了沟通。周先生迟疑地说道："我们都这么大的岁数了，还有什么必要去查仔细吗？"

我点点头，不好多说什么。除了给他们提供药物治疗外，继续开解、倾听和安慰。

一年后，周先生夫妻告诉了我一个好消息，她的女儿成功足月生了个男胎，母子平安。女婿狂喜，全家人个个开心，大宴亲朋好友。

我真心地恭喜周先生和周太太，祝福他们和他们女儿的家庭。我希望我的怀疑是错误的。

又过了半年，周先生夫妻来复诊，和他们同来的是一位年轻女子，我想都不用想，那一定是他们的爱女。

周小姐容貌端庄秀丽，明眸皓齿，身材袅袅婷婷。她化着淡妆，身上衣裙素雅，态度温和，举止娴静。她说她英文名叫简，听父母总是提到医生对他们的关照，她今天特地过来表示感谢。简一边说话，一边双手恭敬地递上了一份包装精美的小礼物。

我推辞着礼物，感谢她的善意。简客套过后，便安静地坐在一边。我问她的父母，他们是否愿意女儿参加他们的回诊。中国的父母亲有些不习惯我这样问。我向他们解释说，这些是保护患者隐私的临床必要程序。

不出所料，简是带着满心疲惫和不安而来的。周先生和周太太原本缓解的抑郁症状近来又有些反复。周太太吞吞吐吐地说他们的外孙病了，看了儿科医生，说有些问题，女儿也是急坏了。

等她父母亲说完，简轻轻地问我，她是否可以问些问题。我说当然可以。简说话时心情凝重，但并不慌张。她说儿科医生已经和她认真地谈过了，孩子有遗传疾病，目前状态不稳定。她小心地提起，她的母亲之前告诉过她，精神科医生认为她们家可能有家族性遗传疾病。她想知道详细一点，特别是她自己有没有患有任何潜在遗传疾病的可能性。

听了简的问题，我略想一下，说这是我回答她母亲问题时个人的一些猜测。我告诉简，我不能随便揣度她有无遗传疾病的可能性。在美国，对医生的要求极其严格，简不是我的患者，我不能违规对她做任何疾病方面的推断。

简是一个懂规矩的人，点点头，不再开口。我帮她父母调整了药物，安慰了他们，然后送一家人离去。

两周后，我去候诊室接诊一位新患者，意外见到了简，那位总送她父母来的年轻人也和她坐在一起。简笑了笑说："医生，我是自己来看病的，我早就应该过来看你的。"

我请简坐下来，略略寒暄后便开始询问了解她的一些情况。简谈吐简练，句句都是要点。她很直接，提及因为一直没能给夫家添个男丁，过去这几年里，公婆想要孙子的期望给了她巨大的压力。这次，她好不容易生下个男婴，却发现他有遗传性疾病。她和先生非常难过。简说她自己有随时会崩溃的感觉。简接着说："我母亲说，您已经详细询问过很多次我们家族的遗传史，您应该比较清楚我母亲家和我可能都有问题。我非常尊敬医生，希望您对我的病因和治疗能给一个客观的建议。医生，我不介意我的病因，我只是需要知道我如何去做才能帮到我的先生。他非常爱我，一直全力在他父母面前维护着我。我想给他一个答案。"

简说完后，静静地坐在那里，纯净的眼神望着我，带着绵绵的惆怅，也含着些许期待。

"你有没有考虑自己去看看遗传病学专家，做个系统的基因检测？"我看着简说道。

"我能否知道，我母亲的家族有哪种遗传疾病的可能性？"简轻叹一声，"我知道，我的问题应该与我母亲有关，我母亲只有姐妹，没有兄弟。我的姨妈们没有一个生过男孩。"

简的话都说到这个份上了，看着她的无助和期望，我觉得应该把我的担心告诉她。"你母亲家族里可能有一种特别的遗传基因。"

我告诉简，这只是我目前不成熟的考虑，一切都应该以基因检测结果为准。临床上有一种特别的遗传疾病，称为X染色体易裂症（Fragile X syndrome），患者以男性为主，临床表现为睾丸较大、肌肉张力低、孤独症、面部下颚向前突出、耳朵较大、脸较长，等等。女性若有一条易裂X染色体，但另一条正常，可能只会有轻微的症状，许多女性的临床表现完全正常。这个病属于X联隐性遗传病，因为男胎只有一条X染色体，所以在胚胎发育过程中会有极高的流产率，属于自然的优胜劣汰。

简认真地听我解释完后，表情凝重。她感谢了我的专业思考，决定自己去接受遗传检测。"我不想自欺欺人，我要知道真相。"

简说在她的遗传疾病诊断确认之前，她先不开始抗抑郁症的药物治疗。其实，这也是我预料之中的事。简来的主要目的是想从我的口中听到我的分析和诊断推测。

几个月后，简回到了诊所。我从办公室出来叫她的时候，看见她不住地擦拭眼泪。那位男生坐在一旁，静静地陪着她，眼里也泛着泪花。

简递给我一份报告，我接过报告的那一刻，右手竟然有些发麻。是到了揭开谜底的时候了，也许答案早已揭晓。

"您是对的，医生，"简轻声地说道，"我不知道要怎么告诉我的先生和公公婆婆，我不知道会发生什么样的事情。"

我一时语塞，没能回答，便换了个话题："外面那位先生是您的朋友？"

简幽幽叹息一声，慢慢地说："这个世界上对我最好的人，除了我的先生之外，就是丹尼尔。我真是对不起他！"

简说她从小到大只谈过一次恋爱。她的父母居住工作在一个普通的小城镇，对孩子的帮助有限。她在大学期间拼命用功读书，想用知识改变命运。来美国读博士时，她遇见了她的先生。她的先生一向非常低调，她根本不知道他是个豪门子弟。她先生当时也在攻读博士学位，对她狂追不舍，体贴关怀，无微不至。她觉得先生是个可依托终身的人，后来就答应了他的求婚。

"丹尼尔是我大学时的学长，以前我不认识他。我博士毕业后，进了这家大公司，丹尼尔比我早进公司几年，他很优秀，已经是一个部门的主管了。那时我还没有结婚，丹尼尔就一直追求我。我告诉他我已经有未婚夫了，他后来就放弃了。这几年来，他像亲哥哥一样照顾着我的父母。我婚后少了许多自由,父母在美国人生地不熟,不会开车,有事都是丹尼尔在帮忙,他从未推辞过。

我问:"丹尼尔结婚了吗?或者,他有女朋友了吗?"

简摇着头,"丹尼尔这个人感情上比较内敛沉默,我劝过他许多次,他总是笑,说一个人生活简单自在,他暂时不想结婚。"

"我和丹尼尔的友情是纯真的。我们没握过手,没有单独一起吃过饭,我先生爱我至深,我绝不能让我的先生对我失望!"简语气坚决,表情严肃。

在那一刻,我脑子里忽然涌出了两句诗:"一生诗意千寻瀑,万破人间四月天。"这句诗的作者是谁?是大情圣、哲学家金岳霖。他一生爱着才女林徽因,虽比邻而居,却极其尊重别人的婚姻。他不掩藏爱意,却更仰慕君子,曾题"梁上君子、林下美人"的对联赠予梁思成、林徽因夫妇。当今世上,有太多的快餐婚姻,难得丹尼尔君子坦荡荡,又是一个少见的情圣。

后来我没有再见过简。丹尼尔还是定期带简的父母来看我。听他们说,简的儿子几个月后便夭折了。她的公公婆婆一气之下,回到了香港。这样的楼起楼塌,即便是那两位惯看人间沧桑、历尽江湖风雨的老人也承受不起。两位老人都病倒了,简的先生放下手头的生意,赶回香港去照料他的父母。

一天下午，前台接到简打来的电话。那天，我在其他诊所工作。听前台员工说，简说话非常礼貌客气。她问如果医生时间容许的话，能不能给她回个电话，她要去一趟香港。

我心里有一丝不安。简虽然经历了这一系列变故，但从未主动给我打过电话，或来诊所说些什么。现在临行前她要和我说话，她一定想做什么重大的决定。

简在电话那头还是轻声细语的，她告诉我她这次要带两个女儿一起回香港。自从上次收到遗传检测报告后，她还没有告诉她先生实情。"我不能再隐瞒什么了，我必须面对现实。公公婆婆望孙多年，我不能耽误人家。"简一再感谢我过去几年对她父母的照顾，说她母亲也想通了许多。我试图安慰她，劝她必须坚强，如果她有需要的话，可以和我紧急联系。简停顿了一下，又说道："我想和先生、公公婆婆商量人工授精，用别人的卵子。如果他们能接受我的建议，我愿意做代孕母亲。"

这是简最后一次和我谈话。她带了两个女儿回中国香港，再也没有回到美国。

我后来也没有再见过简的父母。大概过了一个来月，丹尼尔来到诊所，说简的父母要回中国了，问我能不能给他们开一年的药。我问他简的近况如何？丹尼尔眼眶泛红，说简已经不在人世了。

丹尼尔讲得很简洁。简带两个女儿回到香港，和先生坦白了她的遗传基因问题，惭愧无法尽一个妻子的责任，帮夫家添个男丁传代。简的先生虽然沮丧，但是他仍然安慰了太太。但简的公公婆婆态度非常坚决，要求儿子和简离婚，否则他们将取消其作为长子在公司里的一切职位和继承权。公公婆婆愿意给简一笔不菲的离婚费用，他们内心也不愿意接受简的两个女儿，但愿意支付抚养费用。

简的先生迫于压力，不敢违背父母的严令，试图和简商讨离婚协议。先生的抛弃毁灭了简最后的一丝希望。

简离开了家，住进了一家酒店。她花了半天的时间，给丹尼尔写了一份长长的电子邮件，委托他帮忙处理善后事宜。她把自己名下的财产分成了三份，留给两个女儿一人一份，父母一份。她恳请丹尼尔替她送父母回国。在家乡，他们毕竟有亲有友，能得到一些照顾。简随后上了顶楼，从天台一跃而下。

简的父母年老体衰，是丹尼尔去香港协助处理了简的后事。简的先生违抗父母，坚持把简的骨灰留在了他们的家族墓地。

在给丹尼尔的邮件里，简除了和父母表达了自己不能尽孝的歉意外，没有给父母留下其他什么交代。但简给自己的两个女儿留了一封绝笔信。在信里面，她向女儿们道歉，说她不能做个好妈妈，陪同她们快乐长大。她恳请先生看在从前相亲相爱的情分上，看顾两人的爱情结晶。她希望孩子们长大后能获得幸福，有美满的生活。信的结尾，简告诉女儿们要有自己美好的爱情，但一定不要有孩子。

第 3 章 梦里花落知多少

俄**国文豪列夫·托尔斯泰在他的鸿篇巨著《安娜·卡列尼娜》开篇最有名的一段话,很多人开口便可道来:"幸福的家庭都是相似的,不幸的家庭各有各的不幸。"当人们生活在幸福之中,会觉得一切都是理所当然的,便忽视了幸福本身的不易。悲剧对每个家庭都是刻骨铭心、无法忘记的痛苦。许多人的肉体从不幸中挣扎着爬了出来,可精神却背负着一世沉甸甸的苦难。

曾太太第一次见我时刚35岁,她早年和家人从中国香港移民来美国。在过去短短数年间,她的抑郁症发作,迁延难愈,病情一次比一次严重。最初的起因是她的父亲暴病身亡。家人感恩节聚会,老父亲多喝了几杯白酒,突发急性胰腺炎。他的病来势汹汹,人被收进了医院重症监护室,可不到两周就死于全身炎症反应综合征和器官衰竭。曾太太送走了老父亲,一年还没过去,她的丈夫就在上班路上被大卡车追尾,两车相撞起火,曾先生被撞后昏迷,人卡在变形的汽车里,一把大火把车和人都烧成了残骸。两年后,她那刚上高中的儿子与一帮同学去山里游玩。这些男孩子个个逞强好胜,从悬崖上往下面的深潭里跳。别的孩子个个没事，轮到曾太太的儿子时，他的姿势没有调整好，整个身体便横着飞了出去，胸脯直接横拍入水。高处下跳带来的巨大冲击力重击了他的左胸，曾太太的儿子当场死亡。尸检发现他的胸骨断裂，心室破裂，一个年轻美好的生命戛然终止。

曾太太原本有个幸福快乐的家庭，夫妻恩爱，儿子孝顺。然而，几年之间，她落得个家破人亡，凄凄惨惨戚戚。看着她那张憔悴发黄的脸和隐隐的黑眼圈，我可以想象，每到夜深人静的时候她内心的那份绝望。我为这个不幸的女人伤感，真担心有一天她会支撑不下去。但想不到，曾太太远比我想象的坚强。她说她不能倒下去，她身后还有三位老人——公公、婆婆和自己的母亲。我知道曾太太同时打了三份工，真不知道是什么力量让她坚持下去的。可曾太太却告诉我，她愿意工作，"忙起来，我什么都不用想，我不能闲下来！闲下来，我就会想到他们，我会疯掉！"

曾太太每次随访如同钟表一样机械而准确，她从不会过多地询问治疗细节，也不会用心地反馈治疗感受。她有问才答，不问不答。她的机械，像是心死；她的准确，只为责任。治疗对她来说是身体必需的维护，好让她这台机器能够继续运转下去，完成使命。

每次看着曾太太离去时单薄瘦弱的身影，和那不属于她现在年纪的丝丝白发，我都忍不住唏嘘，为什么世间这么多特别的苦难会无情地让这样一位无辜的弱女子承担？

也是那一年，诊所里来了另一位名叫桑蒂的患者，她的先生因急性肺梗死被送入急救室，但抢救没有带来奇迹。

桑蒂是西班牙裔美国人，年纪刚过 40 岁，身材匀称，眉清目秀。她哭诉着说先生进手术室前还笑着安慰她，"他说他没事，说以后要多留点时间陪我和孩子们。他说工作太累了，他以后又要多休息。"桑蒂悲泣道，"他是那么宽容细心的男人，时时刻刻在呵护着我。我总是依赖他，我没有照顾好他。"

我尽力安慰着桑蒂，理解她现在的悲伤，知道她一时难以接受丈夫的突然离世。悲剧突然来临，桑蒂没有任何心理上的准备。在临床上，有一种急性创伤后应激障碍（PTSD），属于突发性焦虑和忧郁混合的情绪疾病，通常是由突然失去家人和朋友而产生的巨大的精神压力导致的。病人会悲伤抑郁，精神恍惚，出现幻视、幻听，甚至产生自杀的想法。

这是我第一次见到桑蒂，桑蒂的悲泣和不断自责让我印象深刻。她一直没能从悲痛反应中缓过来，逐渐出现了严重的抑郁症状。可是，意想不到的是，桑蒂的临床症状还夹杂着典型的创伤后应激障碍的表现。

我起初以为桑蒂先生的突然去世给了她心理严重的打击。后来，她某些临床症状的描述似乎和她先生的过世又无太多的关联。

桑蒂每月定期来诊所复诊，她对抗抑郁药物治疗的反应很不稳定。这个月，她的悲伤似乎明显好转，可到了下个月复诊，她的焦虑可能又忽然加重。我仔细询问了她的近况，也没有找到能够导致她情绪变化的显著因素。

在和桑蒂的交流中，我发现了一个特别的现象。桑蒂每次在描述她的忧伤时，都会谈到她的许多梦境，有些情节描述包括了典型的睡眠瘫痪症，也就是民间相传的所谓鬼压床。每次桑蒂回忆这些梦境的时候，都会紧闭双眼，呼吸时有急促不规律的情况。她的身体不住地颤抖，语言会变得结结巴巴、断断续续的，声音明显出现异样：

> 床上会有许多蛇，它们从四面爬过来，钻进我的被窝里。我看蛇的时候，有时看到的是人脸……大蛇会压到我的身上，会紧紧缠住我，我挣扎着，喘不过气来……那个影子会慢慢飘过来，我看不清那张脸。我想喊，我动弹不得，我拼命挣扎，有时会醒过来，浑身大汗，我睡觉的时候不敢关灯……我恐惧的时候，有时会听到有人轻声叫着我的名字。有时候是我妈妈的声音，也有好多回梦见我先生坐在我的床边，笑着看我……那条大蛇看见我先生，忽然不见了。

桑蒂一直诉说着类似的梦，她的梦里有焦虑、有恐惧、有呼救，又似有回应。我听她不断重复着这类梦境，有些似乎是梦，更多的是她喃喃自语，像是在拼命挣扎。

我们精神科医生在临床诊治患者的时候，经常会碰到一些梦的解析需求。精神心理分析始于奥地利心理学家西格蒙德·弗洛伊德。弗洛伊德认为人格或人的精神主要分成三个部分，即本我、自我和超我。本我是原始人性欲望，受潜意识遏制；自我负责有意识地与外界世界交流；超我是人性良知和道德观念的体现。弗洛伊德认为梦是一种潜意识的活动，由于人的心理防御机制压抑了人的本我愿望，因此被压抑的愿望通过扭曲变作象征的形式出现，梦都是象征的。"显梦"乃梦的表面形式，经过扭曲与伪装，以表现"隐梦"，而"隐梦"才是真实的心理活动。

在他的《梦的解析》一书中，弗洛伊德认为蛇象征男性生殖器。蛇的梦是典型性意味的意象。梦见蛇除了是对性的感知外，还象征着内心深处那些阴暗和不欲为人知的神秘。不同梦境中的蛇会给人不同的心理感觉。当梦到蛇并感到恐惧害怕时，表示做梦者在生活或经历中曾经经受了困惑和潜在危险。桑蒂的梦有极深的性恐惧，而她在潜意识中一直在祈求帮助。

在对桑蒂的诊疗中，我还发现了她的另一种莫名其妙的担忧。她有一儿一女，儿子已18岁成人，刚有了女友。她的女儿才16岁，还在读高中。桑蒂想到儿子，会莫名其妙地害怕儿子胡来，给他的小女友造成伤害。她害怕她的女儿也会被男人欺负，然后怀孕。更令人匪夷所思的是，她一直担心自己的儿子会欺负自己的女儿，担心他们兄妹间出现问题。

我感觉到，桑蒂的创伤后应激障碍应该与她过去的性创伤相关。

令我惊讶不解的是，第一次遇见桑蒂时，她悲恸欲绝，要死要活，说要相从她的先生于地下。她说她这辈子绝不会让别的男人再碰自己的身体，她的身体只属于她的先生。可是，在她先生故去不到一年的时候，桑蒂竟然交了一个男朋友，这位男友还是她先生旧时的朋友。

有了男友，桑蒂的情绪似乎渐有好转，我能感觉到她的自我恐惧感减轻了不少。和我谈及这段新感情时她很坦然，在她先生故去的这段时间，她先生生前的这位好友总是来看她，不时会带她出去散散心，一起喝杯咖啡、吃个饭什么的。这种陪伴给了桑蒂许多情感慰藉，她觉得新男友身上有已故先生的影子。但桑蒂不愿让新男友和自己的家人有太多接触。听她说，男友住的地方相当远，为了便于两人约会，她让男友住进了自己的另一个居所。这个居所原本是有租客的，桑蒂以需要卖房为由终止了租约，并免收原租客一个月的房租作为解约的补偿。

我和桑蒂的治疗已持续了一年多，因为她经常请我帮她做梦的解析，对我的信任有所提高，所以她在最后终于告诉了我她心里隐藏多年的创伤。

桑蒂的父母是墨西哥移民，只有她这一个女儿。小时候，父母忙于生计，成天在外工作，对桑蒂也照顾不周。后来，她父亲有了个上早班的工作，有时下午可以接她放学回家。

说到这里，桑蒂面部微微颤抖，低声说道："我小时候一直觉得爸爸对我特别好,他会给我买许多好吃的、新衣服和我喜欢的东西。没想到,他竟对我做那种事,我一个10岁的女孩子,那时候什么都不懂。"

在桑蒂的颤抖和痛苦的回忆中,我慢慢了解了事情的原委。一个人面兽心的父亲,趁母亲白天不在家之际,以教女儿做游戏的名义,侵犯女儿长达数年之久。

"我稍大一些后,懂事了,开始反抗。爸爸像换了另一个人,开始狠狠地打我,并威胁说要杀了我和妈妈。我非常害怕,所以一直都忍气吞声,尽可能躲着他。"

"下课后我总是回来很晚,不给他任何机会。他上早班,便在凌晨上班之前偷偷钻进我的房间。我反抗过,但害怕发出太大声音妈妈会知道。我害怕他会杀了我和妈妈。"

"终于有一天,他刚走以后,妈妈默默地进来掀开了我的毯子。妈妈瘫坐在地上好久,应该是思索再三后报了警,他在上班的时候就被警察带走了。从此,我再也没有见到过他。家里人也不知道他的生死,也没有人过问。"桑蒂回忆起这些痛苦的过去,眼泪不止,湿透了大把纸巾。

"后来妈妈一直讨厌我,认为都是我不好。我一直生活在她的愤怒之中。政府的社工安排我接受了整整一年的心理辅导治疗,可我不觉得有多大的帮助。我也觉得自己是个很坏的女孩,我常常想,自己是不是不应该生在这个家庭。"

"直到18岁那年，我在大学里遇到了我的先生。他待我温柔体贴，我们相处了几年，感情一直很好。后来，他向我求婚，但我觉得自己不配，就向他坦白了所有的事。"

说到这里，桑蒂的眼里有了亮光，她说道："我先生没有嫌弃我。他告诉我他会一辈子爱我、保护我，绝不让我再受任何委屈。我们结婚20年，他一直是个有爱心且负责任的丈夫，对我细心照顾，爱家爱孩子。"

桑蒂继续说道："我非常缺乏安全感，我知道几乎每一个和我一起工作的男同事都对我的某些行为感到困惑，别人没法接近我。我的回避有时会给工作带来麻烦。我害怕男人，心里极其恐惧，可我又需要、期待男人的保护。"

我相信桑蒂所言皆发自内心，她自幼经历严重创伤，很难相信别人。因为极度缺乏自信心和安全感，她又急于寻求保护。她的恐惧与焦虑充斥着她的整个生活，她与别人的相处变得很困难。她对孩子们的怀疑和对他们正常生活的干涉，让她的儿女们极度反感，更增加了他们的逆反心理。

我推荐桑蒂再去看看心理医生。她虽然听从了我的建议，但她几乎与每一位心理医生相处都有困难。她内心极度自卑，又极其敏感。她连续换了好几位心理医生，通常没过几个月，她就要换人，为她咨询时间最长的也不到一年。

她和我的治疗相对稳定，但也是高度寻求关注。如果某个复诊的治疗时间她觉得不足，便会在接下来的复诊中一再提醒，似有抱怨。

与桑蒂的治疗一直没有间断，我发现她对梦的解析特别留心。她会用笔记本把所有她记得的梦详细记录下来，然后念给我听，让我一一分析。她的梦虽然有不同的内容，但仔细分析，不外乎是过去的创伤、持续的焦虑和性的迷惑这三类。她的梦时有浓缩，更多的是片段混合。我告诉桑蒂，我主要提供药物治疗，我不是心理医生，也不可能给她一一解梦。但桑蒂认为每次解梦有助于她对自己近期心理活动的了解。耐不住她的要求和坚持，我答应每次最多选择两个梦帮她分析。

陆续治疗的几年中，桑蒂的儿女们不断给她带来烦恼。桑蒂害怕孩子们过早有性行为，担心儿子性暴力，担心女儿遭到性虐待。然而，她的儿子18岁时就带女友回家同居，不久就让桑蒂升格做了祖母。她的女儿高中刚毕业就怀孕生子，又让桑蒂当了外婆。好在桑蒂的妈妈退休在家，能帮她照料一团乱麻的家务事，给她一些喘息的机会。

桑蒂的新恋情渐渐亮了红灯，她的不稳定情绪让男友困惑不已。桑蒂承认，她不会总是顾及男友对性的要求，她通常是顺着自己对性的理解，随意变化对性的态度。她时而顺从，偶尔抗拒，更多的是回避。她常常把男友晾在她为两人准备的爱巢里，几个星期也不去见男友一次。

我一直觉得她的两性观非常矛盾，很明显她有偶尔冲动的性需要和长期的性回避。我隐隐地感觉，她似乎把性作为一种手段，用来控制她与男友的距离。临床上，在数年间和她的交流中，我能体会到她的内疚感。她虽不直接提起，但在内心深处，她存在背叛已故先生感情的罪恶感。

果不其然，桑蒂遇到了大麻烦。有一次，桑蒂下班直接去见男友。她到时房门内锁，她敲了半天门，男友才开门，她看见房间里有另外一名女子，两人衣着凌乱，显然桑蒂来得不是时候。桑蒂当时虽然愤怒，但设法控制住了自己的情绪，没有立即大吵大闹。等那个女子离开后，男友向她道歉，说这是他过去的女友，两人许久未见面，这次她过来看他。桑蒂非常难过，不住地哭泣。男友争辩说桑蒂对他不闻不问，常常冷落他，他觉得自己只是她的一个固定应召男。吵到最后，还是男友妥协，发誓决不再和他的前女友见面了。他说他更爱桑蒂，愿意和她继续经营两人的感情。

事情一旦有了开始，结局就不能以个人的意志来掌控了。桑蒂的男友短暂收敛了一段时间，后来又不断地带不同的女人回来，两个人的关系越来越差。直到最后，桑蒂才意识到男友是个无耻的渣男。后来，男友见桑蒂胆怯可欺，便毫无顾忌，即便桑蒂还在家里，他也敢带着别的女人在隔壁房间寻欢作乐。

两个人的关系彻底破裂。现在桑蒂麻烦了，请神容易送神难。这个渣男吃定了桑蒂，鹊巢鸠占，不用付房租的房子得来全不费工夫。桑蒂现在被前男友警告，不经过他的容许，桑蒂不可以接近这个房子。桑蒂报了警，要求驱逐前男友。可是加州的奇怪法律却保护了这样的住客。实际上，桑蒂当时被情爱冲昏了头脑，她与这个渣男没有签订任何租房契约。渣男咬定是桑蒂邀请他免费居住，并帮她照料房子。

这件事也无须多言，桑蒂不得不找律师，开始走法律程序。她人财两失，上庭申诉和律师调查处处都要花钱。因为桑蒂无法提供任何支持性证据，所以最后走的是庭外调解的路子。桑蒂不得不支付了渣男几个月房租，才让这位大神搬了出去。

经过这一轮重大的打击，桑蒂的精神和身体几乎完全垮了。她原本就对人缺乏信任，长期处于焦虑恐惧中。现在，她的治疗变得更加复杂了。她的病情反反复复，她不敢和外界、和他人接触，回避孤立。一点风吹草动就会让她惊魂不定，方寸大乱。

桑蒂的精神状态每况愈下，她最后不得不辞去稳定的工作，申请了残障社会救助。幸运的是，鉴于她过去遭到的创伤和当时的法庭立案，她的申请没费太多的周折。她第一次申请残障社会救助金就得到了批准。

后来，桑蒂和她的妈妈经常往来于墨西哥和美国之间。她妈妈在家乡有自己的老宅，桑蒂和她会住在墨西哥的乡下，常常一住数月。若不是还惦记着自己的一双儿女，我估计她都不愿意回到这个曾让她痛苦不堪的城市。

第 4 章 过早遗忘的时光

成为高年资住院医生的那年，我师从个人指导老师肖恩教授。他曾经在美国国立卫生研究院精神分院从事研究工作多年，对老年性痴呆的发生发展、基因突变和分子生物学机理有着长期深入的研究。肖恩教授风趣幽默，知识面极广，经常和我讨论痴呆诊疗的最新进展。受他的影响，我对痴呆等老年型疾病鉴别诊断和临床处置的理论知识也颇为熟悉，觉得自己也算是这方面的专家。

　　住院医生培训结束后，我到一家老年精神心理治疗诊所做兼职工作。这个诊所不大，患者多为华裔。我每周在那里坐诊一天，看的都是一些精神科常见的疾病，治疗起来得心应手，绝大多数患者恢复得很好。一来二去，患者的感谢声和溢美声不断，我也觉得自己的技术水平不错，人也就有些飘飘然了。我忘了"山外有山，人外有人"这句古训。

　　这天诊所来了一位新患者。患者姓钱，华裔男性，年纪刚过 55 岁，是一位颇有名气的小提琴演奏家。钱先生出生于艺术世家，擅长美术，精通设计，写得一手好字，国画也画得极好，在华人艺术圈里小有名气。他中等身材，头发乌黑，瘦弱文静，一眼看去，温文尔雅，一身书卷气。他太太陪同他一起来就诊。

钱先生也说不清楚自己有什么毛病，自述近来常感心烦意乱，特别容易生气，拉琴、画画都静不下心来。钱太太特别着急，她说过去的半年里，她先生忽然像换了个人似的，情绪急躁易怒，动不动就会破口大骂，开口尽是污言秽语，经常不打招呼就离家出走。他也不带手机，家人根本不知道他的去向。别人问他有什么问题，他常常答非所问。偶尔安静下来，他也暗自神伤，偷偷地掉泪。

钱太太她们说一家人原本生活很正常，两个儿子大学毕业都找到了很好的工作。他们夫妻俩都是文艺界的人士，过去两个人常常一起吹拉弹唱、写写画画，或者一起读读书。现在他们的家庭生活已经彻底改变了。

钱先生是由他的家庭医生推荐来的。他在家庭医生那里接受了抑郁症的评估，医生考虑他有严重的情绪障碍，针对他的抑郁症进行了药物治疗。只是钱先生接受了两个月药物治疗后，症状毫无起色。他的情绪忽高忽低，忽怒忽骂，有时不说话，有时又翻来覆去重复说几句话。

首诊需要全面详细询问病史。我从现病史、既往史、家族史、毒品滥用史、基础疾病史、个人家庭生活史一一问起，把钱先生的所有情况统统过了一遍，但没有发现什么特别之处。钱先生抑郁症的症状不典型，焦虑症的症状也不足，精神病症状完全缺乏，双相情感障碍无典型特征，他的鉴别诊断完全是一个四不像。

我一时半会儿不能确诊，只好坦白地告诉钱先生和钱太太，诊断一时不能明确，我需要更多时间和其他治疗信息。我暂时给了他一个非特异性抑郁症的临时诊断。钱先生同意继续服用目前的抗抑郁症药物。我给他开了血液和尿液化验检查单，以便查看有无其他伴发的医学基础疾病。

起初的几个月，钱先生对自己的病症还不时提出一些问题，很想知道自己是不是真有精神类的疾病。我实事求是地告诉他，他应该是身体的某个地方出了问题，但我现在不能完全确定。钱先生点点头，也不多说话。钱太太对我说了许多恭维话，大抵都是一些如"其他患者都说你技术精湛啊""为患者考虑周全啊""你一定能妙手回春啊"之类的话。

之后的大半年时间里，我和他的家庭医生都排除了钱先生有严重的基础医学疾病的情况。他的各项检验指标都正常，身体生理指数和生化病理检测结果都在正常范围内。听钱太太说，她先生从前性格温良单纯。他没有什么特别的异性朋友，更别说红颜知己了。

钱先生的情绪症状随着时间的流逝变得越来越不稳定。一开始，他在外面还能尽量控制，不过到了家里简直就像换了一个人。除了脾气急躁，他渐渐出现了破坏性行为，开始摔杯子、敲玻璃、砸电视，他的行为异常逐渐升级。最后，他开始变本加厉，几乎每天都无缘无故地辱骂他的太太。虽然他还没有出现肢体暴力，但钱太太早已精神崩溃。她小心翼翼地照顾着先生，无时无刻不生活在恐惧之中。

可能是钱先生的治疗缺乏进展，钱太太在陪先生来看诊时，语气也不如从前那般客气了。我能感觉到她的失望和对医生信任度的降低。她会不经意地向我提及我的某些同行，夸奖他们治疗的成功和患者的口碑。我知道她的意思，做这行的医生比其他科室的同僚更懂得人性。我虽然明白她的不安和烦躁，但自己费心努力治疗却始终未见成效，自然也会产生内在的焦虑。我也会不时地为患者家属的不理解和言语中的变相施压感到烦恼。

考虑到钱先生可能有潜在的双相情感障碍，我给他的药物做了调整，加入了情绪稳定剂。因为钱先生对妻子开始出现了不断加重的怀疑和迫害妄想，所以我给他加了小剂量的抗精神病药物。

出乎我的意料，钱先生对药物缺乏有效反应，他的躁动和异常行为越来越严重，他对抗精神病药物治疗的反应极为异常。好几次，钱先生夜间离家出走，被警察发现后送到急诊室，并接受短期的住院治疗。据钱太太描述，钱先生通常会莫名其妙地发脾气，接着开始自言自语，然后突然会大叫一声，冲出家门。钱先生会在街头漫无目的地狂走几个小时，而且不吃不喝。每次他的急诊室接诊的报告上都有严重脱水、神志不清之类的描述。从钱先生发病的症状来看，像躁狂症发作。可是，只要一觉醒来，钱先生就又变得安安静静的，与前一天的疯癫患者判若两人。

每次钱先生出院来诊所复诊时，钱太太都会极其细致地描述他的住院过程，仔细地告诉我急诊室和住院部的每一位医生和她谈的每一句话。叙述的同时，她的双眼会一直看着我，锐利的眼神常常让我有种喘不过气来的感觉。

我理解钱太太的忧伤烦恼，在认真倾听她的抱怨的同时，也希望给她更多的劝解安慰，提供能够给予的关照。我脑子里始终记得那句至理名言："偶尔治愈，常常倾听，总是安慰。"时间久了，诊所里的社工、护士、心理治疗师，甚至司机都来向我诉苦，钱太太经常向他们提出各种超过常规的要求。我只能告诉自己团队的成员，大家多多沟通，避免因为患者或家属某些不恰当的话语，让团队医护人员间产生不必要的误解。

由于钱先生逐渐增加的行为障碍和认知偏差，我在重新考虑是不是他的神经系统出了什么严重的损伤。实际上，几个月前，他的家庭医生就让他接受了头颅 X 光断层扫描检查，就是俗称的头部 CT 扫描，但他的检查结果并未显示出什么异常。那么，钱先生的问题究竟出在什么环节上呢？

我必须承认，在钱先生的治疗上我一直没有明确的诊断，药物的治疗只是对症下药，导致治疗毫无进展，或者可以说疗效甚微。该做的化验检查都做了，神经影像也查了，难道这么年轻的钱先生真的在神经认知方面出现了大问题？

经过好几个月绞尽脑汁的苦苦思索，某一天我的脑子里电光石火般闪出了一个念头，我不由地全身微颤。天哪，他有没有可能患了那种罕见的早老性痴呆？

钱先生只有很普通的基本医疗保险，许多检查项目都需要保险公司特批。鉴于保险的限制，我们精神科医生是不能直接给患者做神经影像学方面的特殊检查的。仔细考虑后，我联系了钱先生的神经内科医生。我和他仔细讨论了钱先生现有的认知紊乱和记忆力显著下降的问题，我们必须确定钱先生是否存在特殊性神经认知障碍。

我的分析得到了神经内科医生的支持，我们联合向保险公司提出了申请，要求钱先生尽快接受大脑核磁共振影像检查。这种检查就是大家常说的 MRI 检查。同样是做大脑影像检查，MRI 和 CT 的不同之处是，前者着重于脑组织细微结构的检查，后者则是对脑出血性检测更加敏感。

经过我们和保险公司的几次交涉，钱先生的大脑核磁共振影像检查的申请终于得到了批准。很快，钱先生接受了检查。一周后，他的影像学报告送到了我的案头。

正如大家常说的那样，世上的许多事情，当你猜出了开头，往往也就知道了结果。钱先生的 MRI 影像检查显示他的大脑皮质出现了独特的局限性额叶和颞叶脑萎缩。在这些大脑皮质区域，可见脑回窄、脑沟宽及额角呈现气球样扩大。他的额极和前颞极皮质变薄，颞角扩大，侧裂池增宽。毫无疑问，钱先生非常不幸，他得了一种极其罕见的早老性痴呆症。

临床上，失智症或称痴呆症大致分为四种类型，我们最常见的是老年性痴呆症，也称阿尔茨海默病，是神经系统衰老退化病变所致。其次是血管性失智症，主要是脑卒中或慢性脑血管病变导致脑细胞死亡，造成智力减退。比较少见的一型是路易氏体失智症，这种失智症经常发生在帕金森病患者身上。临床上还有一种非常罕见的失智症，也就是发生在钱先生身上的这种痴呆症，称作额颞叶痴呆症。这型痴呆症致病的原因不明，平均好发年龄在50到60岁之间，属于发病非常早的特异型痴呆症。

我看着眼前这份影像诊断报告，心里没有一丁点明确诊断、捕获病因的喜悦。我的心里反倒是十分沉重难过。这种诊断等于给年纪尚轻的钱先生判了个绝症。想到从前和肖恩教授一起探讨过这一特别类型的痴呆诊断治疗和预后判断，一时间我的内心不禁五味杂陈。

目前，临床上对额颞叶痴呆症尚无有效的治疗方法，主要是对症治疗。除了给予患者抗痴呆药物延迟衰老进程，使用抗抑郁症药改善情绪、提供镇定药物控制冲动行为外，医生基本上是束手无策的。可悲的是，这种痴呆症发病年纪早、病程短、预后差，几年之内，患者都会死于肺部感染、泌尿系统感染和其他全身功能衰竭引起的并发症。

和钱先生、钱太太的诊断沟通有些困难。钱先生基本缺乏理解能力，只是点头，神情似懂非懂。钱太太情绪上很是抵抗，她根本不相信他先生这么年轻就会得痴呆症。她的言语里满是生气和不恭。我理解她的心情，没有过多地解释什么，由着她一通数落。

接下来的半年里，钱先生的认知和记忆能力一落千丈。他刚来诊所时，正巧碰到了新年，诊所里有个小小的联欢会。钱先生应邀演出，当时他的记忆和运动功能还相对稳定，一把小提琴拉出了天籁之音，琴声悠长，余音不绝于耳。后来，他的肢体出现了僵直和震颤。他的语言能力锐减，连开口骂人都成了奢侈。他和我的对话仅限于他努力重复拼凑的某个想象的情节。他一次次告诉我的只是同样几句话。

后来钱太太每次见我都是眼泪汪汪的，她从起初的愤怒拒绝，到无奈地接受了宿命。她一再和我表示歉意，又像祥林嫂一样，反复诉说着自己的不幸和悲伤。而我所能做的也只是徒劳地安慰。

终于，钱先生的身体衰弱到了不能自理。他被送入医院，接着转入了疗养院，他在诊所的治疗也就告一段落。

钱太太偶尔过来，带些水果和点心，感谢从前照顾她先生的医护人员。钱先生现在完全由疗养院工作人员照料，钱太太则不时会过去看看。她无须再为每日的护理照顾烦心，只是没再听到她的唠叨，我反而有些不习惯了。

钱先生在疗养院里艰难挣扎了半年后，不幸离开了这个世界。钱太太礼节性地打电话通知了诊所的社工。虽然这个结局我早有预料，但那一刻，对生命脆弱的叹息和对治疗无助的感伤，给我的心灵带来了久久无法消退的沉重感和精神压抑。

后来在临床工作中，我对额颞叶痴呆症的诊断变得特别敏感，陆陆续续，至少又有五例同样的早期病例被我发现。同事们都惊讶于我的敏锐性和洞察力，但他们不知道的是，这是我从过去的挫折和失察中吸取的沉痛教训。

每次，当我面对这样的患者和他们的家属亲友，逐字逐句地告诉他们这种疾病的病程和预后时，我的心总是会隐隐作痛。因为在说话的时候，我似乎能看见一朵健康美丽的鲜花迅速消亡的全部过程，而我只能无力无助地站在一边，默默无语地凝视着它的娇艳和凋零。

第 5 章 藏在温柔中的忧伤

我当住院医生时，受训的医院是洛杉矶一所非常著名的私人医院，多少年来雄踞美国最佳医院五十强榜单，医院整体排名在全美前十几名之内。不能再多说了，聪明人用脚也能猜出是哪一所医院了。

　　住院医生做到第三年，我又轮转回住院部。转回住院部当天一大早我就来到病房，我负责的这组患者共有八位，这些患者基本都是周末被收入治疗的。我快速地查看病历，迅速了解了这些患者的病史和收治原因，然后步入病区，和患者一个一个面谈。我必须在早上八点交接班前，完全了解患者的主要症状和精神状态。

　　我一间间病房转过去，很快看了六位患者。第七位患者住的是单间，我敲门听到应答后，轻轻推门而入，一位身材娇小、苗条的女子背对着门，秀发垂肩，侧身坐在床上。她没有像多数患者一样换上病号服，而是穿着一套合身得体的休闲装。听到我开门进来，女子慢慢转头起身，向我微笑着问好。女孩看起来应该是白人和西班牙裔的混血，不到30岁的样子，明眸皓齿，细眉淡妆，颇有气质。她说她叫海伦娜，昨天晚上刚刚入院。我问她为什么被收入院，她有些不好意思地告诉我，她有药物依赖的问题。因为使用药物过量，她出现了严重嗜睡和身体平衡障碍症状，被家人送到了急诊室。

我问了海伦娜一些与情绪有关的问题，她完全否认她有任何严重的精神心理问题。她承认自己长期失眠，试用过不同的药物，但都没有多少显著疗效。后来她的朋友给她推荐了一种药物助眠。她说："我前天睡得不好，心里有些着急，剂量可能稍微大了点。医生，我好多了，我应该可以回家了。"

出了海伦娜的房间，我来到最后那位患者的病房，门是开着的，里面没有人。我来到走廊上四处看看。三三两两的患者在外面散步，却没有我要找的目标。病历上记录的是一位25岁的西班牙裔女性，名叫特瑞莎。我来到L形走廊尽头，果然角落里一位身材高挑女士孤零零地站着，身着素色的碎花连衣裙，栗色长发垂至腰间，面朝窗户，一只手抚摸着玻璃。我走了过去，轻声问道："你是特瑞莎吗？"女子点点头，慢慢转过来身。

好素颜，面容清丽姣好，五官精致，头发有些凌乱，眼角似有泪痕。特瑞莎礼貌地向我问好，问我是不是她的主管医生。我说我是新来接班的住院医生，很高兴认识她。特瑞莎轻轻点点头，想要开口说些什么，嘴角微动，两行清泪却止不住落下。等了漫长的一分钟，她设法控制住自己的情绪。她告诉我她也不知道自己是怎么入院的，只记得入院前已经好多天睡不好觉，情绪变得低落，容易愤怒，和室友莫名其妙地发生了很大的争执，觉得室友和其他人都想陷害她，后来救护车就来了。特瑞莎说:"我这两天睡眠好多了,脑子不那么乱了,我想回家,我想我爸爸妈妈了。"

回到办公室,我把刚才八位患者问诊的一手资料整理了一下,给出了初步诊断,并拟出治疗方案,准备正式查房时向上级医生汇报。护士艾米敲门进来,按照病房的要求,她来向我汇报夜班患者的情况。艾米是一位老美,性格活泼,快人快语。她提到海伦娜,语气很是激动。我问她为什么这么关心海伦娜,艾米瞪大眼睛说:"你不知道海伦娜?她可是大名鼎鼎的电视明星,几十部连续剧的女一号。"

艾米离开后,我上网查了一下,果不其然,海伦娜是一位一线影视女明星。我原本对影视作品没有多大兴趣,几年也进不了一次电影院。过去这些年,又刻苦读书考美国医师执照,把学校图书馆都坐穿了。可以说,我把别人喝咖啡的时间都用在了学习上。我满脑子里除了医学知识,对美国社会其他的方面则知之甚少。

接下来的几天,我和海伦娜有多次面诊,确实也没有发现她有明显的情绪方面的大问题。海伦娜自述过去这么多年,她像赶场一样参加各种电视剧的拍摄,工作压力实在太大了,情绪不容易调节,每晚临睡前,头脑还是活跃在各种角色切换中,入睡非常困难。她的闺蜜就给她推荐了一种药物,她刚开始吃时很有帮助,后来她就对那种药物产生了耐药性,药效减轻,她只能不断加量。这几年下来,她已经对药物形成了依赖。海伦娜承认自己也知道这样滥用药物不好,但离开这些药，她根本就无法入睡。我问她是谁提供给她的，她迟疑了一下，说她们这个圈子里有固定的途径，都是朋友之间分享的。她请求我的原谅，她不能透露这些敏感信息。

她所使用的那种药物使用睡眠剂量时，能缩短入睡时间，减少觉醒次数，延长睡眠时间，但是过量使用则可麻痹延髓呼吸中枢致死。20世纪五六十年代，那种药物在娱乐圈的滥用很普遍。著名影星玛莉莲·梦露就是过量摄入该药物而中毒死亡的。

我和海伦娜讨论了她的治疗方案，一是推荐她门诊随访药物依赖专科，依靠自己的努力，并在家人的监督下，接受脱瘾治疗；二是她自愿进入戒毒中心，接受三至六个月的集中戒毒治疗。考虑到海伦娜多年药物依赖的病史，我倾向于第二种治疗方案。我也和海伦娜的先生讨论了这一治疗建议，他完全赞同我的意见。可是，海伦娜并不同意我的提议。她认为自己应该完全有能力控制药物滥用的问题，她坚决要求去门诊药物依赖专科寻求帮助。海伦娜的先生无法说服她，最后双方达成一致，邀请海伦娜的父亲和兄弟们参加一次家庭治疗会议，大家一起做出最后的治疗决定。

作为海伦娜的主管医生，我对她现在的家庭和原生家庭有了进一步的了解。海伦娜看上去非常年轻，实际年龄已经35岁了，她有一对7岁的双胞胎女儿。丈夫是商业精英，拥有自己成功的企业。海伦娜的妈妈已经过世，她父亲健在，但基本退休了。她父亲手下的公司由海伦娜的哥哥们管理。海伦娜有五个哥哥，家族生意遍布全球。

那天开家庭会时，医院总机提供特别服务，海伦娜的父亲早早来到医院小会议室，先和我们沟通了各种治疗方案。会议由我主持，医院总机一一拨通了纽约、伦敦、罗马、巴黎和香港的五条国际长途。说实话，我从来也没有见过这么大的阵势，也没见过医院提供过这么周到的服务。在电话里，海伦娜的几位兄长个个谦和有礼，对妹妹问长问短，表达对她治疗的全力支持。这里我也看出美国人对个体治疗的尊重，尽管她的父兄们对成瘾专科门诊治疗信心不足，但一致同意让海伦娜自己选择。父兄们建议，如果成瘾专科治疗不成功，他们会给她提供最好的私人戒毒中心治疗。

我在比弗利山庄一带治疗过许多18线的小演员，他们个个都是俊男靓女。这些年轻人受过良好的高等教育，怀着对演艺事业的梦想，在这个圈子里摸爬滚打。尽管经历过一次次的失望、无数次的梦幻泡影和数不清的挫折失败，他们还是盼望有一天自己会被幸运女神眷顾，一举成名天下知。可现实又是如此残酷，许多人一生下来，口里就含着金钥匙，才华与美貌早就被上帝亲吻过。像海伦娜这样才貌双全、聪明伶俐的女子，自幼就受到了全方位的艺术专业训练。更重要的是，她后面还有一个庞大的财富集团，能够为她呼风唤雨，左右全局。人生永远没有同样的起跑线。

海伦娜周五就出院了，周六我休息。周一回来早查房时，我差点没惊掉下巴，她的名字竟然又出现在我的患者名录上了。我看了看，是星期六凌晨三点多钟被救护车送到急诊室的。她被发现深度嗜睡，口吐白沫，步态失衡。我拨通了海伦娜先生的电话，想了解她发病的整个原委。海伦娜先生在电话那头长吁短叹，他说在海伦娜住院期间，他仔仔细细检查了家里的每一个角落，连苍蝇能产卵的地方都没有放过，这才放心接她回来。"她也没有出门，也就是半天的时间，人就变成这样了。我实在不知道她把药藏在哪里了？"

我问海伦娜为什么事情会变成这样，她低首无语，面带羞愧。乌云般的秀发下，看得见她白皙光滑的肌肤慢慢变红。此时，我又怎么忍心再去批评知错愧疚的她呢？

海伦娜最后去了外州一家豪华的高级戒毒中心。她的先生和一位兄长一起陪她飞过去。听负责安排她的社工说，这家戒毒中心号称超五星酒店服务，设施极其舒适豪华。"说是去戒毒，更像是去度假。"

这边海伦娜的故事告一段落，特瑞莎的故事还在继续。经过特瑞莎的同意，我和特瑞莎的父亲通了电话。她父亲在要求我绝对保密的情况下，告诉了我一个天大的秘密。他和特瑞莎的妈妈不是特瑞莎的亲生父母，他们夫妻俩自己没有孩子，在特瑞莎几个月的时候正式收养了她。这个收养的秘密，特瑞莎并不知道。养父母和特瑞莎感情极好，夫妻俩怕特瑞莎知道真相后伤心。据她的养父说，在收养特瑞莎的时候，他们已被告知孩子的母亲患有严重的精神疾病。多年来，她的养父母一直担心特瑞莎会遗传她生母的疾病。

特瑞莎从小天资聪颖，学业对她从来不是负担。她高中毕业后，顺利进入了加州大学洛杉矶分校。特瑞莎有很好的舞蹈功底，相貌出众，大学期间就被招入了洛杉矶一家有名的时装模特公司。也就是从这段时间开始，她逐渐出现了双相情感障碍的症状。刚开始她只是有抑郁症状，后来又出现了躁狂症状。这次已经是她第二次住院了。特瑞莎一直拒绝药物治疗，她的父母对此也是一筹莫展。

和特瑞莎接触几次后，我大概了解到她抵触药物的原因。原本特瑞莎是顺从药物治疗的，几种药物也对她的情绪波动和精神症状有不少帮助。可是，她每次服用抗精神症状药物后，体重就会迅速增长，即使她努力运动和节食，减肥效果也了了。她现在是职业模特，体重暴增招来了同伴们的笑话，她在T台上显得很笨拙，上台的机会就减少了，收入也变得不稳定。

我和特瑞莎解释了双相情感障碍药物治疗的重要性，说明了这类疾病的发生、发展的规律，以及治疗的原则。目前我们尚未完全了解双相情感障碍的发病机制，但治疗原则非常明确，即进行常规预防性治疗和早期干预。患者一旦出现了抑郁或躁狂发病苗头，医生会调整加强药物，进行早期干预治疗，尽可能避免病情加重。我向特瑞莎推荐了当时最新面世的第三代抗精神病药物。与传统的第二代抗精神病药物相比，第三代抗精神病药物治疗效果相当，但导致代谢性综合征的副作用很小。换句话说，药物导致肥胖的副作用相对较轻。

特瑞莎接受了我的治疗建议，开始服用药物，五天后她的妄想症状就完全消失了，情绪也逐渐稳定下来。很快特瑞莎出院了，她选择继续在我们医院门诊治疗，我也就自然而然成为她的随访医生。

几周后，我收到特瑞莎父亲的电话，他告诉我特瑞莎的情绪很稳定，重新去做时装模特的工作了。同时，他也带来了一个坏消息，他失业了，他的医疗保险月末就结束。特瑞莎不到 26 岁，一直用的是家长的保险。在美国，没有保险的话，看医生和买药都是沉重的负担。她父亲问了药剂师，特瑞莎一个月的药费要 1500 美元，长期自费购买这种药物不是他们这种普通收入家庭能够承受的。可是，特瑞莎目前仅对我开的这种药物有良好的治疗反应，且无明显的副作用。

想到特瑞莎老父亲愁眉苦脸的模样，我的脑子快速转动，想到了一个好办法。我可以推荐特瑞莎去我们医院协办的城市慈善诊所，那里看诊和普通的药品都是免费的。她目前服用的药，我则可以从大家制药医药代表那里拿到一些样品药。这样可以过渡到特瑞莎父亲或她本人有了保险。她的父亲听了我的话，激动得不知说什么好，"我和我太太爱特瑞莎胜过爱我们自己。我们已经做好准备倾尽全力，大概能帮她买三个月的药物，但我们实在提供不了这么大一笔长期的开销。"

特瑞莎在我的治疗下，精神状态变得稳定，功能水平正常，整个人重新变得开朗活泼起来。每个月她会来城市慈善诊所看我。有时，她算准我在那里工作的时间，会顺便过来，给我带杯咖啡，有时带自己做的甜点。我隔壁办公室的史黛西医生经常会打趣我说："那个女孩又来了，又带好吃的了，她看你的眼神不一样哦！"

时间过得很快，转眼我就成了高年资住院医生。最后一年，我被安排负责临床研究的工作，其他的时间要去亚太精神心理咨询中心提供医疗服务。我特地把特瑞莎安排给史黛西医生，请她费心找医药代表定期申请药品给特瑞莎。史黛西笑眯眯地点头同意了，并问我特瑞莎是不是也会给她带甜点。

最后一次给特瑞莎看诊，我向她交代了我对她的一些安排。其实，这最后三个月内我已经和她谈了几次。临别时，情绪有些伤感，特瑞莎的眼眶中一直泪光闪闪。我送她到了诊室门口，祝她快乐如意。特瑞莎转身紧紧拥抱了我，她低垂着头，靠在我的肩膀上，飘逸的栗色长发香气淡淡。

我住院医生培训结束前不久，接到了史黛西医生的电话。她告诉我特瑞莎的病情复发了。史黛西说："特瑞莎三个月前就没来诊所随访了，打电话也无人接听。"据送特瑞莎来医院的警察报告，特瑞莎的室友反映，她已经有两周无法正常睡觉了，在当天下午，特瑞莎突然大笑着褪去衣裙，在露台上载歌载舞。

史黛西医生说，因为当时医院里没有空病床，她们只好把特瑞莎转送到另外一家精神科医院。"特瑞莎爸爸来急诊室找你，我又不能把你的电话告诉他。我说你现在在其他诊所工作。"

放下电话后，我一下有些茫然，坐在椅子上，愣了半响。我的头脑中清晰地浮现出特瑞莎的身影。记得那个夏天的下午，那位一袭素色碎花连衣裙的清秀西裔女孩，太阳镜推在额头上，手里拿着两杯咖啡，静静地坐在长椅上等我。那头栗色的秀发，远远地飘来了幽香。

第 6 章 寻爱中的迷失

几年前,市面上出了一首颇受好评、别具一格的流行歌曲《声声慢》,歌里有两句词"寻寻觅觅、冷冷清清",它来自南宋著名女词人李清照的《声声慢·寻寻觅觅》。这首歌曲听上去有些特别,音乐是流行风,语言是普通话,背景是京腔京韵,听上去又像是吴侬软语。"青砖伴瓦漆,白马踏新泥。山花蕉叶暮色丛染红巾。屋檐洒雨滴,炊烟袅袅起。蹉跎辗转宛然的你在哪里?寻寻觅觅、冷冷清清,月落乌啼月牙落孤井。零零碎碎、点点滴滴,梦里有花梦里青草地……"

言者无心,听者有意。每次听到这首好听的曲子,我总是想起婉儿。

婉儿不是小女生,我初次见她的时候,她刚过了48岁的生日。婉儿姓朱,是个标准的杭州美女。即使年近五旬,徐娘半老,婉儿身上江南美女的气质也一点不减。她肌肤细腻,白里透红,秀发披肩,身材苗条婀娜,尽显成熟女性丰韵之美。婉儿原本是浙江一家文艺团体的越剧演员,20年前遇见了她的先生,嫁来美国。

第一次遇见婉儿,她正处于情绪低谷期。她的抑郁、悲伤、不快乐,你一眼就能看得清清楚楚。婉儿是由她的闺蜜带来诊所的。听她闺蜜说,婉儿以前性格颇为开朗,爱笑爱唱,和朋友们交往主动,大家也能玩得很开心。不过,过去这几年她情绪逐渐变得低沉,参加活动的次数少了许多,即使去了,也不像以前那样活跃了。几年前,她的家庭医生初诊婉儿有抑郁症,也给她开了抗抑郁症的药物。婉儿的病症一直没完全缓解,时好时坏,持续好几年了。

她闺蜜还介绍说,过去这两个星期,婉儿突然变得沉默寡言,坐在房间角落里或躺在床上一声不吭,别人问她,她也缺乏反应,能几个小时都不挪动一下位置或换下坐姿。婉儿基本上不吃不喝,家人急了,给她喂饭喂水,她只是勉强吃一点,或者干脆摇摇头。婉儿这样的表现,吓坏了她先生。他问婉儿的脑子里在想什么?婉儿缄默不语,并未吐露任何意愿和要求。婉儿的先生叫来了她的闺蜜帮忙,闺蜜左说右问,反复劝导,婉儿始终只是默默流泪。家人、朋友都非常担心,赶紧送她到诊所紧急看诊。

我问了问婉儿的一些近况,她仅能轻轻地点头或摇头。我提的多数问题是她的先生或她的闺蜜帮助回答的。其实,从婉儿进门的那一刻,我大概就知道她的诊断了。临床上,不时能看到类似婉儿这样的患者,她患的是非常典型的木僵型抑郁症。

木僵型抑郁症多数是由突然、强烈的精神创伤引起的精神运动性抑制，属于神经应急障碍。有些木僵型抑郁症可伴有意识模糊，患者表现为不言不语、不食不动、面无表情，甚至全身僵直。除了抑郁焦虑症状之外，有些患者可能伴有自主神经功能紊乱症状，如心动过速、面色苍白或潮红、多汗、瞳孔增大等。极少数患者也会出现轻度意识障碍，即使恢复后，他们也无法完全回忆起之前的病程经过。

临床工作多年，我对于治疗婉儿这样的木僵型抑郁症还是十分有信心的。我当即加大了她现有的抗抑郁症药物剂量，并让她每隔六个小时就服用一次小剂量抗焦虑药物。最后，我让婉儿一周后回诊所复诊。

如我预计的一样，婉儿一周后回来时，她的木僵症状已经得到了控制。她的行动自如，言谈举止和思维记忆基本正常。我问了婉儿一些基本情况，建议她保持目前的抗抑郁症药物的剂量。在一个月之内，我逐渐减少了其中某种药物的剂量，直至完全停止。三个月以后，婉儿的抑郁症症状基本缓解。

考虑到木僵型抑郁症通常是因为受到过严重的精神刺激或心理创伤，我试图了解和分析婉儿的发病原因，和她仔细长谈过好几次。婉儿言语间明显有所保留，说话遮遮掩掩。考虑到患者有保护自己隐私的需要，我也没有过多深究。婉儿是个好患者，治疗上非常配合，她遵从医嘱，口服药物治疗从不间断。婉儿对药物治疗反应良好，她抑郁和焦虑的病情完全得到了控制。

大约一年后,婉儿带她的儿子来看病。她眼泪汪汪地说儿子即将高中毕业,学习成绩优异,马上就要进入康奈尔大学了,但是非常不懂事,说话很难听。婉儿说,她儿子总体来说是个听话的孩子,但情商特别低。前一句话让人如沐春风,后一句话却又能让人突觉寒风刺骨。

婉儿举了两个例子。有一天她身体不舒服,躺在床上觉得口渴,便喊儿子帮她倒杯水。儿子正在做功课,听妈妈喊他,便放下手里的作业,给她倒了杯水。儿子还算细心,怕水太烫,还加了些凉水。他一边把水递给妈妈,一边问妈妈感觉怎么样。婉儿很感动,正想说句谢谢儿子的话,可话还没出口,儿子突然冒出一句,"没事就好,千万别死了!"这一句话梗得婉儿心寒彻骨,连眼泪都憋了回去。还有一次,婉儿家里宴客,几位好朋友相聚正欢。闺蜜们都夸赞婉儿天生丽质,保养有方。这时,她儿子忽然插了一嘴,"漂亮有什么用,中看不中用"。一下子,全场鸦雀无声,婉儿羞愧难当,恨不得找个地缝钻进去。

我和婉儿的儿子单独谈了很长时间。这是一个酷酷的小帅哥,交谈间,他对答流利,很懂礼貌。我提到了他妈妈说的这两件事情,说到他妈妈的困惑和担心,也问他自己有什么想法。小帅哥很羞愧,带着歉意一个劲儿地解释说那些话都不是他的本意。他很爱他妈妈,可不知怎么回事,他一开口,这些词语就不由自主地滑到了嘴边。

我想了一想,问他:"你爸爸妈妈的关系怎么样?他们是不是经常吵架或争论？"

婉儿的儿子思索了一下，很认真地回答我说："我爸妈有时候的确会争吵，爸爸话不多，总是妈妈在反复抱怨发脾气。"

"你觉得你妈妈是不是平时说话比较尖刻？或者说，她比较负面，挖苦贬低人的时候比较多？"

小帅哥点点头，表示同意。

我让小帅哥出去稍等一会，请他妈妈进了办公室。我没有刻意掩饰，而是直接告诉婉儿，她儿子应该没有太大的问题。她儿子说话时出现的不当表达，应该是受到了他们家人际间交流方式的影响。当然，这种说话方式十分不妥。我直接问婉儿，她对自己儿子的问题有没有不同的看法，她和她先生之间是否有长期的冷战或彼此有言语伤害。

婉儿略显不好意思，但还是承认了她和她先生之间的感情出了问题。她也承认她的言辞变得越来越有攻击性，有时会冷嘲热讽，刻意挖苦。"我真没想到，我平时说的话会给孩子带来这么多不好的影响，"她反思道，"现在想来，孩子说的许多话，基本上是我平时说的话的翻版。我真是很惭愧，我怎么成了这样一个人，变得这么尖酸刻薄！"

我和婉儿对她儿子的训练达成了共识。我不认为这个小帅哥需要进行药物治疗，我鼓励婉儿和她儿子深谈一下，要主动承认自己平时的言语错误，没能给他做个好榜样。我建议婉儿在和儿子认错的同时，也必须指出他现在的语言习惯和措辞使用的问题。母子俩要互相监督，互相帮助，共同改进。

婉儿的儿子实际上性格很温和，也很聪明，一点就通。婉儿遵照我的建议，真诚地向自己的儿子认错道歉了，保证以后一定注意自己的说话方式和态度。她请儿子以后认真监督，随时提醒自己。这样的训练持续了半年。婉儿反馈说，儿子变得越来越言词得体，彬彬有礼。她非常开心，一再感谢我的提醒、开导和帮助。

经过这件事，婉儿对我的信任度大大提高，随访治疗时，她也渐渐向我敞开了心扉，倾诉了多年来深藏她内心深处的痛苦回忆。

年轻的时候，婉儿有过不少追求者。她是越剧演员，登台演出和进行文化交流时，遇见过几位不错的男生，都有过短暂相处，但她一直没有找到自己非常心仪的对象。后来，团里的一位长辈给她介绍了一位男生。这个男生年龄稍大，有三十几岁，相貌英俊，身材魁伟挺拔，络腮胡须，尽显阳刚之美。他是一家外资企业的高管，也是杭州人，是家里的独生子。他父母催婚催得紧，托人给他介绍了许多对象，可他就是一个都看不上。婉儿年轻活泼，相貌出众，男方父母一看就喜欢上了，赶紧催促儿子定下了婚事。

婉儿虽说是小有名气的越剧演员，但传统艺术市场逐渐没落，观众群体萎缩，她的演出活动少，收入平平。男方父母是当地有名的专家教授,男生是海归,拿的是年薪收入,有房有车,典型的"黄金王老五"。巧的是,这位男生就是姓王,婉儿很快就对他着了迷。

有了双方父母的认同,婉儿和这位男生就谈起了很多女生都向往的那种高雅浪漫的恋爱。两个人一起看艺术展,听音乐会,喝异域的咖啡,吃和风牛排。男生出手阔绰,送给了她不少高档衣物、名表和包。在那个年代,婉儿的美好爱情让她身边的闺蜜和小伙伴们都羡慕不已。

这位男生和婉儿谈的是风花雪月般的柏拉图式的恋爱。拥抱是高雅,亲吻是礼仪。婉儿也被这位男生调教成了十足的淑女。两个人相敬如宾,从不越雷池半步。

在男方父母的一再催促下,婉儿和这位男生终于举行了盛大的婚礼,两个人手挽手,在亲朋好友的赞美和祝福声中步入神圣的婚姻殿堂。他们办的是西式婚礼,婉儿穿的是一袭白色婚纱长裙,着实让她的小姐妹们羡慕不已。

在操办婚礼期间,这位男生和婉儿进行过一次非常认真的谈话。他告诉婉儿,他受的是西式教育,非常看重婚姻的质量和配偶人品,他认为精神恋爱更可贵。他希望婉儿以后不要沉湎于肉体的欢愉,而要更珍惜婚姻的圣洁。婉儿听罢,感动不已,她很庆幸自己遇到了一位极品男人。

婉儿的回忆是沉重的,也是极度痛苦的。相爱两年,两个人终于迎来了夫妻之实。婉儿成了王夫人,她和她心爱的男生终于有了一次完美的肌肤之亲。可婉儿万万没有想到，这是她和已成为自己先生的这位男生仅有的、唯一的一次夫妻欢爱。

"别人永远都不会相信，我和他只有过一次同床共枕。婚后第二天，他就借口两个人睡在一起不舒服，自己睡到另外一个房间里了。从此以后，他和我只有礼貌性的拥抱和亲吻，再也没有夫妻间的爱抚了。"婉儿说道。

"我的痛苦和我的不解同时降临！表面上，他对我关爱有加，慷慨无比。我从未为钱犯过愁，我在物质上从来都不短缺。在外面，他是护花使者。在家里，他是谦谦君子。可是，我要的是丈夫，不是君子。"婉儿哭诉着过去，陷入了不堪回首的往事中。

我没有开口，只是静静地听着，但我心里基本猜到前因后果。婉儿说，先生作息极其规律，白天外出工作，晚上九点前准时回家。如有应酬，也会事先给婉儿打电话。婉儿找不出他有任何问题。

婉儿和先生过着相敬如宾的生活，外人都觉得小两口很幸福。但婉儿却一天天地憔悴下去，她开始发脾气、哭闹，吵起架来歇斯底里。她整夜整夜地无法入眠，饮食锐减，对一切都失去了兴趣。这样的生活熬了两年多，婉儿终于病了，卧床不起。

婉儿回忆起当时的病症，和她最近犯病的症状几乎一模一样——一动不动，不吃不喝。先生送婉儿去看病，内科医生查不出她有什么问题，推荐她去看神经内科。神经内科医生还是有经验的，诊断婉儿得了抑郁症，为她开了药，嘱咐她好好休息。

考虑到女婿是外企高级主管，工作非常忙，婉儿的父母便将婉儿接回家照顾。在父母的悉心照料下，婉儿的身体和情绪慢慢恢复了。

纸里包不住火，时间久了，旁人也会看出端倪。婉儿的妈妈是过来人，看女儿这样憔悴，就猜女儿的婚姻是不是出了什么问题。虽然婉儿总是一个劲地哭，但经不住妈妈反复盘问，就把这两年的婚姻烦恼和盘托出。

婉儿的妈妈听后皱起了眉头，她感觉这不是正常年轻人应该有的两性关系。婉儿的家庭本身也很不错。她的妈妈是文艺界人士，爸爸是当地政法委的领导。婉儿的妈妈把婉儿的婚姻怪象和自己老公一说，婉儿爸爸也是一愣，但并未说什么。

不过，干公安检察出身的婉儿爸爸可不是"善茬"，在婉儿生病休养的这段时间，他把女婿的私生活摸了个底朝天。一个月后，婉儿爸爸把一个厚厚的信封交给了婉儿，里面有一沓照片。婉儿发现自己的先生还有好几位私密男友。婉儿只翻了一小部分照片，就崩溃了。

结果也不用多说，婉儿和先生正式离婚了。先生给了婉儿很大一笔离婚补偿金。他家境殷实，对他来说，钱从来不是问题，条件是婉儿必须销毁所有的证据，并且不可以把双方离婚的真实理由告诉外界，包括他的父母。

离婚后，婉儿如离了笼的金丝雀，重获自由，她又回归舞台继续演出。

民族的就是世界的。越剧唱腔柔婉缠绵，表演真切细腻，装扮优美高雅。越剧的才子佳人戏，如同西湖柳浪闻莺，又似江南的和风细雨。有文人雅士曾描述，"漫步钱塘，驻足聆听，绍兴戏婉转翩跹，如小桥流水般百转千回，令人沉醉。"流行歌曲听多了，想听听江南水乡特色的越剧、尝试不同的艺术类型、寻找不一样的心灵感受的成功人士真是不少。婉儿很快遇到了一位非常欣赏她艺术表演的澳门企业家，这位成功的商人后来成了婉儿的伴侣。

婉儿没有隐瞒我，她后来嫁的这位潘先生原来是有家室的，是一个有妇之夫。他的太太是一位成功的商业奇才，白手起家，生意做得风生水起，创下了偌大的一份家业。他太太是董事长，大权在握。他是总经理，其实是在为太太打工。太太的生意做得比较大，杭州的生意只是她生意版图的一部分。太太常年不在杭州，便给了潘先生许多悠闲的空间。很快，婉儿和潘先生便开始双飞双宿，难舍难分。

世上没有不透风的墙，董事长太太很快就将先生的风流韵事了解得一清二楚。太太立马飞到了杭州，兴师问罪。潘先生不敢隐瞒，老老实实地坦白了一切，答应以后不和婉儿继续交往了。事情本来到这里就要画上句号了，可没想到婉儿已怀孕数月，她私下托人做了 B 超，得知怀的是男胎。

潘先生犹豫了，他们夫妻结婚多年，太太一直不孕，没能给自己添得一子一女。潘先生已人过中年，一直为膝下无儿感到遗憾。对他来说，婉儿怀上男胎非同小可，一向对太太言听计从的潘先生壮着胆子，和太太讨价还价起来。潘太太虽说是女强人，但因不能生育，一直也对先生心怀愧疚。考虑再三后，董事长太太和潘先生达成了一个妥协方案。她名义上和丈夫离婚，让潘先生与婉儿结婚，但她和潘先生还是一家人，夫妻财产不做分割。不过潘太太容不得潘先生留在杭州。她勒令潘先生带着婉儿移居美国，希望能避开一帮新朋旧友的口舌和指指点点。

婉儿如愿以偿，嫁了金龟婿，和先生双双移民来到洛杉矶。潘先生在加州继续做着家里的生意，熟门熟路，顺风顺水，生意很快就步入了正轨。婉儿不久生下一个男孩，专心在家中相夫教子。董事长不时光顾洛城，查看生意，也来家里看看这个孩子。三个大人都把这个男孩视若掌上明珠。董事长在洛杉矶另有豪宅单住，她每次来，潘先生鞍前马后，照顾周到，婉儿心知肚明。

一晃十多年过去了，婉儿年过四十不惑，潘先生则六十耳顺。到了更年期的潘先生渐渐添了许多毛病，高血压、高血脂、高血糖，可以说富贵病齐全，他每天吃的各种治疗药物就有一大把。老夫少妻，俩人明显有差异。潘先生鼻涕多了，小便频了，身板弯了，腰也酸了。婉儿正当年，潘先生却机器失灵了。

潘先生中西医都看了多次，西药、中药抓了一大把。婉儿从关心到伤心，从希望到盼望，最后还是彻底失望了。渐渐地，她也变了，从前婉约温和的她失去了耐心，平添了许多烦恼。夫妻间争吵多了起来，婉儿的言辞开始变得尖酸刻薄。后来，也就有了她带儿子求医一事。

洛杉矶有许多华人文艺社团，越剧是大剧种，自然少不了业余越剧团体。婉儿在家里烦恼不断，于是就把更多的时间投入到社会活动和服务，由此认识了许多兴趣相投的好朋友。婉儿是专业演员出身，长得又十分漂亮，在哪里都是镁光灯的聚焦点，身边献殷勤的男人有的是。

婉儿明知自己的弱点是耐不住寂寞，经不住男人猛烈的追求和甜言蜜语，可她左右不了心灵的孤独和肉体的需要。她爱上了一位比自己年轻不少的男士。有了第一次放纵，婉儿便彻底迷失，无法自拔。她一边沉湎于肉体的欢愉，一边又为自己的行为寻找宽恕借口，丈夫的性无能是她安慰自己最好的理由。

潘先生看见婉儿参加社团活动后情绪好转，便非常支持她去排练和演出。丈夫的信任反而触动了婉儿内心深深的愧疚和自责，内心深处的良知不时提醒她必须约束自己的行为。婉儿舍不得这段新的恋情，可是对家庭和孩子的责任感又让她感到心惊肉跳。她痛恨自己无可救药，羞愧感让她开始回避家人关切的目光。婉儿的情绪开始变得起伏不定,她觉得自己需要医治,但她无法和自己的家庭医生述说自己的所作所为。

当婉儿在痛苦中挣扎时,婉儿的新男友却提出了分手。男友有了更漂亮、更年轻的女伴,要结婚了,自然不想再和婉儿纠缠在一起。婉儿忍受不了突然被抛弃的感觉,愤怒、悲伤、焦虑和羞愧终于击倒了她脆弱的精神防卫。这就是婉儿木僵型抑郁症再次复发的缘故。

在长达数年定期的随访治疗中,婉儿一直倾诉着深藏已久的郁闷和压抑情绪。她内心长期积累的痛苦和烦恼终于有了一个安全的释放渠道。药物治疗和心理辅导让婉儿悲伤不安、焦躁浮动的情绪逐渐平复了下来。

婉儿的儿子进入大学后,她和潘先生每年有一半的时间住在杭州疗养。她后来和我有过几次短暂的随访。听婉儿说,她在杭州重新联系上了旧时的一帮朋友,受到了佛教思想的影响。婉儿正式参拜起菩萨,读起了佛经,在古刹梵音的熏陶下,成了一位虔诚的在家女居士。婉儿很坦诚,也很无奈,"忙起来了,其他的欲望尽量割舍吧。本来无一物,何处惹尘埃?"

在《声声慢》的美妙旋律里,一位美丽婉约的江南女子,流连于钟磬轻烟,跟随在祈福诵经的人群之中缓缓前行。希望古刹梵音真的能够慰藉那颗永远祈盼爱情的心灵。

第 7 章
是理想还是执念

住院医生毕业后的第二年，我接到一位当时还在医院工作的同事的电话，他告诉我医院高层已经做了最终决定，我们受训过的这家精神医院要正式关闭了。住院部和住院医生培训将被取消，只保留部分人员为医学中心和急诊提供会诊服务。

听到这个消息时我不免小小震惊了一下，这所精神专科医院虽说不大，但却名声在外。1955年，好莱坞的一群影视名流筹建了这所医院，并以塔利亚——一位希腊的缪斯女神来命名。每年10月，医院都在比弗利希尔顿酒店举行盛大的筹款晚会。届时，艺术巨匠、影视明星、淑女名媛、富商巨贾都会云集希尔顿。晚会的风头绝不逊于年度的奥斯卡颁奖典礼。

医院治病救人，也要收支平衡。医院首先要顾及经济效益，但也需要考虑社会影响。当时这所医院和当地一家免费医疗诊所有合作，我们医院的高年资住院医生会轮流去那里坐诊。我前后去过两次，每次半年，总共大约有一年的时间。

免费诊所里的绝大多数患者是没有医疗保险的，少部分患者有低收入医疗保险,俗称白卡。患者肤色不同,国籍不同,身份不同,信仰也不同。不过时间长了,我发现里面有不少患者都是影视从业人员。准确地说,这是一些才艺齐备、热爱电影事业、盼着能在这一行业里干出一番大事业的逐梦男女。

患者里有一对年轻的情侣吸引了我的注意。男生叫杰克,长得高大英俊。女孩叫海伦,眉眼清亮,气质出众。他俩都毕业于名校,大学毕业后进入了影业圈。从起步阶段开始,他们就常常奔波于剧组与摄影棚之间,投简历、求角色。他们往往经过无数次面试,也拿不到一个小小的试镜机会。多年下来,两个人都身无长物,精神憔悴。因为随时随地都要做好抢角色的准备,两人都不敢找固定的日间工作。杰克晚上在酒吧当酒保,海伦周末在超市当收银员。两人收入有限,只够负担房租日用,是真正的月光族。杰克和海伦双双患上了焦虑症,一直在免费诊所接受治疗。

杰克相对开朗,海伦有些寡言少语。两个人各自看医生,但有时也一起过来。杰克的明星梦已经略有退缩,他想去找个适合自己的全职工作。他有个很严肃的父亲,而他的其他四位兄弟姐妹都是名校毕业,各自有了稳定的高收入工作。去年感恩节回到家后,他的父亲和他摊牌明说,要求他出去找个正业做。杰克申请了分子生物学临床检测专职培训,已经收到了入学通知。但他脑子里还在惦记着若有机会,业余时间他还是可以去试镜的。海伦是艺术专业出身,陷得太深。她非常执着,可一次次的努力得到的却是一次次的拒绝。她变得越来越缺乏自信，也不容易相信别人。她的情绪非常不稳定，多愁善感，容易发脾气，和人相处起来也很困难。她也知道，杰克一旦入学，两个人异地相处，感情肯定会出现问题。

我和她聊过多次，真诚地建议她重新确定自己的人生目标。凭她的学历和自身条件，她应该很容易找到一个更适合她的工作机会。业余时间，她还可以继续去实现一个好演员的梦想。海伦说她会考虑我的建议。

很快，杰克入学了，从洛杉矶搬到了辛辛那提。两个人艰难地维系着牛郎织女般的爱情。可他们的经济条件太有限，即使是非常便宜的红眼航班，他们也感到压力山大。几个月以后，杰克首先提出了分手，试图给彼此一个解脱。海伦来到我的诊室，谈及这些年两个人的恩恩爱爱和离别思念，不由地失声痛哭。我在办公桌的另一边静静地看着她，给她时间，让她慢慢地倾泄着自己的忧伤和悲痛。

许久，海伦止住了悲伤，泪眼婆娑地抬头看着我。我递给她纸巾，让她擦去泪痕。我问她："既然你如此爱着杰克，为什么不能考虑搬到他那里去呢？为什么非得在这个看不见希望的演艺圈浪费时间、金钱和你的青春，追求你可能永远得不到的东西？"听了我的话，海伦的情绪慢慢平静下来，眼神似乎也变得明晰和坚定。她点点头说："我知道，我可能到头来一无所获。可是，成为一位杰出的演员是我一生的梦啊！"

"我有一个梦"，这是美国黑人民权运动领袖马丁·路德·金于 1963 年 8 月 28 日在华盛顿林肯纪念堂发表的纪念性演讲。"我有一个梦"已经成为芸芸众生为自由、为生存、为理想、为事业、为自己的生活方式努力的座右铭。我无言以对，只能默默地为她祝福。

后来我离开了免费诊所，也失去了海伦的消息。偶尔想起，那一张清丽的面容、眉间淡淡的忧伤和宁静坚决的眼神，总会浮现在我的脑海中。

住院医生毕业后，我在政府精神卫生部门做全职工作，同时兼职开了家私人精神科诊所，主要是周五、周六看诊。有一天，一位律师朋友推荐了一位病人李小姐过来。李小姐的案子是个酗酒肇事案。那天李小姐酒后驾车，把她邻居的新车撞得稀烂，她自己的车也撞得冒了烟。好在邻居的车里无人，李小姐自己也只受了些轻伤。邻居报了警，来了一大溜的消防车、救护车，李小姐被送到了急诊室救治。她是轻伤，观察一夜也就出院了。急诊室测的酒精值证实她当时处于醉酒状态。事后，邻居把她告上了法庭。这是李小姐被抓住的第二次酒后开车，重复性的醉酒驾车属于严重犯罪行为，可能会被判重罪。

李小姐看上去不到 30 岁的样子，面容艳丽但神情疲惫。她身材苗条微高，皮肤洁白细腻，一头黑发柔软光滑，两道细眉弯弯，牙齿整齐洁白，能看得出她平时的认真护理。李小姐开口说话时，细声细语的。只是，那天的她穿了一件肥大的类似睡袍的裙子，没有束腰带。空荡荡的裙子不完全遮光，能够清楚地看见她内衣的轮廓。看着她的这副打扮，我心里只有一句话：她衣着非常不得体。

我仔仔细细询问了案情的来龙去脉，初步了解了她的精神状况。李小姐今年33岁，自述患抑郁症多年，以前也治疗过，只是吃药不太规律。一个月前，男朋友和她分了手，她感到非常难过。她没有工作，没有什么收入，手头仅有不多的积蓄，分手后就开始每天借酒浇愁。李小姐从前就有酗酒的问题，已经有过一次酒驾闯祸的经历。她的上一位精神科医生使用了一种有依赖性的抗焦虑的药物来帮她调节症状，最终帮她戒了酒。她的医生应该是有个连续治疗计划的。可是，被男友抛弃后，李小姐悲伤难过，转而靠酒精来麻痹自己，结果又闯了大祸。

通常，临床上帮助这样官司缠身的患者，除了药物治疗外，心理咨询辅导也必不可少。我给李小姐指定了心理医生，让她接受系统的情绪管理和愤怒控制训练。我反复斟酌她的病案，却发现很难有足够的、有利于她的证据能帮她开脱。为了深入了解她的病情，我决定每周亲自给她提供一次精神分析性心理辅导治疗。

李小姐来自中国台湾地区，大学期间被推选参加了选美大赛，虽然没有进入三甲，但也取得了相当不俗的成绩。随后，李小姐被星探发掘，接受了系统正规的演艺培训。据她说，培训很艰苦。接受培训的学员要先学习表演理论课程，如表演、台词、舞蹈、导演、名剧欣赏、编剧理论、摄影概论、电视工程、形体模拟、化妆、服装、发型等，基本是面面俱到。接下来才是表演课的训练，包括表演基本训练、自创小品排练、经典名著片段排练，以及不同体裁的影视片段教学排练。训练完成后，他们还要接受严格的毕业考核。只有高标准通过各项考试的学员才能正式毕业，拿到进入演艺圈的敲门砖。

李小姐天资聪颖，学习刻苦，也非常勤奋，是同期学员中的佼佼者。很快，她通过试镜拿到了一些演出机会，后来也从龙套、小角色和配角中胜出，拿到了几部电视剧的女一号或女二号。稍有名气后，又被推荐做了几档青春节目的主持人。

生活好像从来不会一帆风顺。李小姐回忆说，在这段演艺过程中，她处处受掣，被圈子里的许多人欺负过。她的精神压力极大，情绪几乎崩溃。好几次登台前后，她都歇斯底里，泣不成声。她控制不住自己的情绪，几乎与身边所有的人都有争执。闺蜜离开了她，助理也跑了。她的人脉渐失，几乎没有人愿意再给她机会，哪怕是一个没有台词的路人甲。

在宝岛圈子里沉寂后，因缘际会，李小姐遇见一位好莱坞的星探选角，她竟然被选中了。李小姐毕业于美国的一所大学，英语口语表达能力很好，基本没什么口音问题。她成功地参与了好莱坞几部影片的制作，虽然只演了剧中极不重要的几个亚裔角色，但对处于演艺低潮期的她有很大的帮助。李小姐萌发了来好莱坞发展的念头，经过一番心理斗争和情感争执，她正式通告圈内朋友，只身来到好莱坞，重闯江湖。

命运还是那么不济，好莱坞的路李小姐也是越走越窄。她加入了两家大型演员工会,开始拼命重复其他演员们的艰难历程。寻找角色,到处发简历,等待面试通知。幸运时,有个试镜机会,然后回家等待录取通知。作为一个亚裔普通女演员,没有特别的资源和举荐,还常常被不怀好意的圈内人占尽便宜。她也不掩饰这些,"好多演员都遇到过这样的事。剧组里有许多人是骗子,可有的时候,也有人真的能帮你……我缺的只是一个机会。只要努力,我一定会有这样的机会。"

李小姐给了我一些链接,都是她在电影里出演的片花,总共也没有多少情节。多数情景只是一位说着流利英文的漂亮亚裔女孩被一位白人男生调情、亲吻、抚摸,最后再拥入怀中。

李小姐不经意地挽起了衣袖,我看见她两只白净的手臂上,刻了许多道长长的疤痕。我问她幼年和青少年时期有没有过被虐待的经历。她点点头,闭上了眼睛,"爸爸妈妈在我上幼儿园时就离了婚,我从小和妈妈生活在一起。她有严重的抑郁症,每次她痛苦的时候,会把她被爸爸抛弃的所有怨恨都发泄到我身上。她会用任何称手的或随便拿到的东西狠狠抽打我,把我的头往墙上撞,口口声声地说让我去死,"她幽幽地叹了口气,接着说道,"打得多了,我也就麻木了。"

我问她:"你记恨你妈妈吗?"她点点头,继而又摇摇头,"我不知道,我恨过,更多的时候,我觉得我是多余的,我想去死。"她接着说,"妈妈高兴的时候,对我也很好,说她很爱我,会给我梳妆打扮,买新衣服……可我不知道什么时候她就会突然对我翻脸。我小心地和她说话,可一旦有什么话她不喜欢,她就会大发雷霆。我要是敢回嘴的话,她会揪我的头发,甚至剪烂刚给我买的新衣服。"她轻轻地掀开左侧的鬓发,里面有一道一厘米多长的伤疤,上面没有头发。"这里的头发都是被我妈妈揪掉的,头皮都撕破了。妈妈把我送到急诊科,逼我说是和同学打架受伤的。"

"你是什么时候开始有了自残行为的?"我问道。她想了一想说,"大概十三四岁吧。我痛苦的时候,或者想死的时候,就割自己的手臂,我不会感觉有多痛。"

"我使劲想让妈妈高兴,这样挨打挨骂的次数就会少一些。每次她看我在学校拿到好成绩,虽然不会夸我,但当天的晚餐肯定会加菜。我在学校的成绩一直都是名列前三名。我担心成绩不好,怕她发疯死命地打我。"

我知道许多单亲家庭的孩子在长大成人的过程中会遇到更多的磨难和挫折,这些挫折往往是由父母本身的情绪错误宣泄所致。单亲父母极易把婚姻失败的痛苦发泄到子女身上,幼小的孩子往往会成为婚姻失败的替罪羊。

我问她,她的父亲有没有对她的成长尽到过什么心力。李小姐回答我说:"父母离婚后,我爸爸去了美国,又结了婚。我有两个同父异母的弟弟。"她说着说着,语气变得非常气愤,"我来美国后,和爸爸同在一个城市,但总共也没见过几次面。他从不让我进他的家门,见面只是找个小餐馆或喝茶的地方。上次我醉驾打官司,找他帮忙,他给了我一点钱。这次我找他，他不肯见面，不肯出力，一毛不拔，并且告诉我，以后不要再和他联系了。"我问她："你爸爸是不是经济很困难？"她叹了口气，"怎么可能！他的公司生意好得很，他开的是豪车，穿的是名牌。精神得很！"

我问了一下她个人感情方面的问题。李小姐说，在美国这几年，她有过好几段感情，但每段感情都不长久。前段时间和她分手的男友与她处的时间算是最长的了。她眼神有些散乱，"我也不知道为什么我无法有稳定的感情，为什么他要抛弃我，"大滴的泪珠涌出她的眼眶，"我好孤单，在这里我连一个朋友都没有。"

经过几次心理治疗，我对李小姐的心理状态有了比较全面的了解。除了长期患有严重抑郁症，她还有酗酒和镇静剂依赖的问题。更重要的一点是，李小姐自幼饱受身心虐待，其心理认知功能、人际关系处理能力、自我感情调控和维持正常友情的能力都有障碍。具体来说，她的情绪极易迅速变化、感情空虚、缺乏自尊自信、冲动控制能力差，不相信别人，很难与别人维持长期稳定的关系，常有自杀念头和自我伤害行为。也就是说，她的人格和个性方面有极大的缺陷。

我给处理李小姐案子的社工凯西打了电话，她担任法官的精神医学助理，主要帮助理清案子中涉及精神心理疾病的问题。我和凯西寒暄了几句，了解到她也隶属于郡精神卫生部门，所以我自我介绍也是和她同一部门的精神科医生。因为都是同事，凯西的态度亲切了许多。我简明扼要地说明了李小姐的情感障碍和人格问题，还有她的严重创伤和自控能力缺陷的问题。我真切地希望法官在审理她的案件时，能够全方面综合考虑，给她一个治疗和改正的机会。凯西表示理解，她让我准备一份精神心理分析报告给法庭。她在电话里又口授机宜，让我着重谈一谈法官会特别重视的一些问题，包括目前的治疗方案、治疗进展、患者的认知和努力配合治疗的态度，等等。我非常感谢凯西的真诚帮助，也请凯西在合适的时间能让法官了解一下此案的某些特别之处。

我按照法庭的要求，认真地给李小姐准备了一份精神分析治疗报告，在庭审前两周，直接传真给了凯西。庭审结果令人宽慰，李小姐被免于刑事起诉。法官要求她继续接受心理治疗，同时完成200个小时的社区服务。

李小姐免受了牢狱之灾，她对我除了深深的感激外，也有了特别的信任。按照法庭的指示，她开始了系统的情绪调控和愤怒管理的心理课程。我和她每月有个药物治疗的随访，她从未缺席过。

李小姐的经济状况越来越差，保险几个月后就要结束了。我建议她去找一份全职工作，凭她的学历和能力，找个办公室的职位应该很容易。她却摇了摇头，说还要继续她目前的演艺事业。我问她："你目前没有任何收入，如何维持你基本的生活开销和心理治疗呢？"她想了想说："我有一些珠宝首饰，可以变卖来维持自己的生活。"我实在不解，告诉了她许多我所见到的演艺人员生活的困窘，以及他们追寻角色的痛楚。她听后沉默不语。我问她到底是怎么想的,她认真地看着我,低声但坚定地说:"成为出色的演员,这是我一生所梦。"

我不能再说什么,就把她推荐到她家附近的政府精神心理诊所。在那里,像她这样无收入的人能获得完全免费的精神治疗和心理辅导,而且连药物都是免费的。

李小姐转诊后,到我的诊所看过我几次,都是礼貌性地简单问好。她告诉我,她以前的经纪人带她去了国内的横店,进了一个剧组。她在戏里面出演了一个不大不小的角色,拍了一个来月就结束了。我问她发展得怎么样,她迟疑了一下,轻声地说:"那些男人都好坏。"说话的时候,她的眼神和脸色平静如水。

10年后,我偶尔点开了她在网上的视频介绍,想看看她是否有新的作品。失望的是,我没有看到,她没有任何新的影视作品更新。但令人惊喜的是,我发现她的名字前冠了夫姓。从名字上看,她应该嫁了个老美。我发自内心地为她感到高兴,真诚地希望她一切安好,生活从此顺遂。

第 8 章 让人窒息的完美追求

许多年前,我在一家知名的医学中心接受精神科住院医生的培训。按照医院的培训要求,住院医生同时要开展心理治疗的系列训练,每位住院医生每年要辅导至少20位需要心理治疗的病人。医院允许住院医生根据自己的发展规划,选择与自己的培训计划相关的病例。我一向对患有人格障碍的病例有兴趣,所以我有意识地选择了这一类患者,并为他们提供一对一心理辅导治疗。可以说,现在我能比较好地帮助这类患者,大大得益于当年临床上针对性的训练。

临床上,精神科疾病的诊断和分类模式主要采用美国精神病学会制定的《精神障碍诊断与统计手册》(*Diagnostic and Statistical Manual of Mental Disorder, DSM*)。2000年发行的修订版是DSM-IV-TR。20多年过去了,现行的版本是最新的DSM-V,许多精神障碍的诊断标准和分类已有很大的不同。

依据DSM-V的划分,人格障碍分为ABC三个类别。A类包括偏执型人格障碍、分裂样人格障碍和分裂型人格障碍;B类有反社会人格障碍、边缘型人格障碍、表演型人格障碍和自恋型人格障碍;C类则包括回避型人格障碍、依赖型人格障碍和强迫症型人格障碍。但临床上最常见的人格障碍是未特定人格障碍，在这些患者身上，各种人格特征都有一些，但并不典型。

临床工作中，患有 B 型人格障碍的患者也比较常见。有统计资料显示，精神科门诊中，约百分之二十的患者可能伴发 B 型人格障碍或 B 型人格特征，其中又以边缘型人格障碍占多数。还有一型是自恋型人格障碍。自恋型人格障碍患者比较容易引人注目，关于这一类型人格障碍的发生起源，有个比较有趣的希腊神话故事。

据说美少年纳西索斯（Narcissus）是希腊最俊美的男子，无数少女对他一见倾心，他却自负地拒绝了所有人，这当中包括美丽的山中仙女伊可（Echo）。伊可十分伤心，很快地消瘦了下去。最后，她的身体终于完全消失，只剩下忧郁的声音在山谷中回荡。众神愤怒了，决定让纳西索斯去承受痛苦：让他爱上别人，但却不会被爱。

故事的结局是纳西索斯爱上了自己的影子，最终变成了水仙花。有一天，纳西索斯在水中发现了自己的影子，然而他却不知那就是他本人。他对自己的倒影爱慕不已，直至难以自拔。纳西索斯趴在水边对着自己的影像深情呼唤，倾诉心声。终于有一天，他赴水求欢，却溺水而亡。希腊众神出于同情，让纳西索斯死后化为水仙花。

奥地利心理学家弗洛伊德将自恋（narcissus）这个词融进

了他的有关性心理发展的理论中，并将自恋定义为继自慰阶段之后的正常发展阶段，最终形成恋物行为。他认为恋物阶段的主要冲突在自恋阶段就已经固定了下来。这时候，人把全部情感从外界撤回，投注到了自己身上。

自恋型人格障碍开始形成于儿童和青少年生长的早期阶段，这种人格障碍常表现出以下特点：夸大自我重要性，并期待被人看重；永远沉溺于对成功、权力、美貌或理想爱情等的幻想中；认为自己很独特，需要过度称赞；不合理地认为自己有特殊权力或应该获得他人无条件的顺从；处理人际关系时显得自私，好以占便宜来满足自己的利益需求；缺乏同理心；不愿意认同和感受他人的情感需求；常常嫉妒别人或认为别人嫉妒他；常常有傲慢行为或态度，显得自高自大。

自恋型人格障碍这个名词，几年前一度被频繁地提及。原因是当时新选的美国总统因为自大自恋和傲慢自私，常常被他人诟病。有些精神病学医生和心理学医生因为党见之分，也会发表一些不合适的媒体议论，指责总统有严重的自恋型人格障碍。实际上，这种指责有失偏颇。临床上对人格障碍的定义十分严格，只有当人格问题影响到了正常的学习、工作和生活时，才符合人格障碍的标准。所以，临床区别人格特征和人格障碍的重要标准，主要取决于患者社会功能水平的高低。

在住院医生训练期间，我遇到过一位上级医生。我在与这位医生相处的两年中获得的经验，对我后期的临床工作助益良多。

这位新来的上级医生仪表堂堂，风度翩翩，谈吐风趣，见多识广，最初和全体住院医生相处得十分融洽。医院安排他参与急诊室和医学中心的会诊，那些在医学中心从事精神科会诊的高年资住院医生的专业培训也交由他负责。

对我来说，这位新的上级医生斯蒂芬的到来却是一个痛苦经历的开始。急诊室是一个负责患者急救和分流的机构。多数患者经过急诊室医师的初步治疗，根据病情严重程度，或被收治入院，或被推荐回门诊随访。少数病人留置急诊室短期观察，确定去向。

急诊室精神患者的处置也有一套规范的流程，通常是急诊科医生对患者进行初步的诊断治疗。如果患者被发现有或伴有严重的精神疾患，精神科医生会被邀请会诊，并迅速对患者的处置安排提出治疗意见。一句话，对于不堪重负的急诊室医护人员来说，患者处置的效率是第一位的。我们必须加快病床周转率，以便收治其他有更紧急需求的新患者。

作为住院医生，我们工作在第一线，可以说，即使再忙再累，哪怕不吃不喝，我们也绝对不会耽搁或影响患者的治疗。我们看完患者，会拿出自己的治疗方案，会在第一时间通知当班的上级医生，征得批准后，立刻将批复的治疗方案通知急诊室的邀诊医生，对患者进行分流处置。

我们通常有几位兼管急诊室会诊的上级医生，在斯蒂芬医生加入团队之前，虽然工作繁重，但大家一直遵从这一整套熟练的工作程序，按部就班，有条不紊地进行。斯蒂芬医生温文尔雅，你总能及时联系到他，但汇报病情后，他却从来不置可否，他给你的标准回答永远是"我一会就过来"。

斯蒂芬医生的"一会"是没有具体概念的，短则两个小时，长则大半天不等。他当班的时候，要兼管医学中心病房的精神科会诊，早上他都会在那里。他的"我一会就过来"害惨了急诊室值班的一众精神科住院医生。急诊室的医生们开始是请，紧接着是催，后来就是大发雷霆。住院医生们虽然一个个灰头土脸，但也不愿意在其他科医生面前说自己上级医生的不是。

住院医生们得不到斯蒂芬医生的批准，就无法完成自己的急诊室精神评估报告。这种急诊评估报告有独特的要求，必须面面俱到。即便我们口述录音，让病案室服务人员根据录音整理成文，光是完成口述也得十多分钟。报告成文送还给我们后，我们还需再度在电脑系统中进行审核，修改一些口误和错字，这又得花十来分钟。毫不夸张地说，急诊室的工作是争分夺秒、非常紧张的。

斯蒂芬医生终于来了后，他早忘了几个小时前你跟他汇报的内容。住院医生们得从头来，将所有患者的情况再报告一遍。在汇报过程中，我们会一再提醒他患者已经等待多时，急诊科医生一直反复催促，我们必须尽快提出患者处置意见。他听罢，不温不火，标准答案永远是："我们一起去看看患者吧。"

没有办法，谁叫别人是"大爷"，我们住院医生是"孙子"呢？我们耐着性子，陪着他，一个一个再看一回患者。每见一个患者，他都会让住院医生再重复一次患者的病情。这还没完，斯蒂芬医生会让住院医生当着他的面，再次按面诊新患者的要求，重新询问患者一次。好吧，你说什么就是什么，住院医生于是又耐住性子，再次折腾一通患者。脾气好的患者还能配合，若是遇到脑子已经很混乱的患者，医生一直问他类似的问题，患者很可能就会发狂发飙了。

跑龙套的节目总算结束，该主角闪亮登场了。斯蒂芬医生标准的表演开始了，他首先会提醒你，注意看他如何问诊。只见他整理好仪容，清好嗓子，用他那醇厚磁性的声音，重复着住院医生们已经反复问了多遍的问题。他一边问患者，一边不忘教育住院医生，也让病床上的患者深切地体会到他的认真和仔细。他一再重复的魔性操作，苦坏了我们这些可怜的住院医生。我们不得不一边无奈地像看猴戏一样，观赏着斯蒂芬自我陶醉的表演，一边接着急诊室医生不断打过来的催促电话，不住地道歉，不住地保证。别人的提醒、焦虑和愤怒对斯蒂芬医生丝毫不起作用，他永远必须过完他认定的每一个细节。斯蒂芬医生一个个患者慢慢看下去，永远是一个模式。痛苦至极的住院医生心里头早就火冒三丈了，却又不得不忍气吞声。这边的患者处置不完，那边新来的患者就没时间看，斯蒂芬医生的查房真不知何时是个头。

一天晚上我急诊值班，赶到医学中心看一位需要会诊的患者，意外遇到一位高年资住院医生布兰妮，她还在病区忙碌着。通常，这些白天会诊的医生这时应该早下班了。我问她怎么忙到这个时候，一见我发问，布兰妮医生睁圆了一双漂亮的大眼睛，恶狠狠地咒骂了斯蒂芬医生一声。她像倒苦水一样，滔滔不绝地述说着医学中心会诊团队所有住院医生们的不幸遭遇。不说我也知道，斯蒂芬医生的标准化、程序化的表演式治疗，已经让医学中心会诊团队的住院医生们各个都义愤填膺、忍无可忍了。

我和布兰妮医生细聊了一会，我们都认为斯蒂芬医生的身上具备强迫型人格障碍的许多特征。强迫型人格障碍是一种慢性且僵化的极端完美主义表现。具有这类人格障碍的人对秩序、整洁和细节有极高的要求，并且对周边的人与环境有很强的控制欲，因此会在一定程度上影响其人际交往。他们难于放松，总会计划好做事的每一个细节。

强迫型人格障碍有不同程度的区别。程度轻的人会对自身要求很高，希望做人做事样样完美，但只会要求自己。这类人勤劳认真，做事一丝不苟，很受上级欣赏和喜欢，但他们的过分完美会给同僚们带来不少压力。程度中等的人除了对自己有要求之外，对同事和下属也会有过分要求。他们做事往往呆板僵化，刻意追求完美，过度控制影响他人。达到严重程度的人，对一切细节都刻板迟疑，顽固追求完美，拒绝将任务授权或与他人共事，已经对工作造成严重的耽搁和影响。到了这种程度，就是极度病态了。斯蒂芬医生目前的表现，应该够得上中等程度以上。

这段时间，我带着两位低年资住院医生在急诊室工作，每次遇到斯蒂芬医生轮班，大家都苦不堪言，度日如年。考虑许久，我向住院总汇报了急诊室工作的困境，希望医院领导能够和斯蒂芬医生认真谈谈，改进和提高急诊室会诊的效率，减轻住院医生的工作压力。说实话，我对斯蒂芬医生能否从善如流没抱什么希望，只是想让医院领导对基层住院医生的苦恼有所了解。出乎我的意料，当住院总向他反映了我的困扰后，斯蒂芬医生直接施加了他的报复行为，他将我当月的表现评价降至最低及格档。我还发现，不知是巧合还是有意，斯蒂芬医生将成为我下一年度的两位个人指导老师之一。

教学医院这种结构，一级压一级，住院医生是接受训练的医生，除了拼命努力工作以外，根本没有表达意见的权力。在医院里，谁都能对住院医生指手画脚。个别不自量力的老护士或某些普通行政管理人员也不时会刁难住院医生。这种情况经常会导致住院医生的愤怒抗争，小矛盾有时候也会酿成大问题。

像我这样的外国医学院毕业的大多数住院医生，习惯于忍气吞声，一般不愿意和上级医生以及医院其他人员产生冲突。可我们是精神科，这帮专科医生对人性的了解不可谓不深。尤其是那些美国医学院毕业的住院医生，虽然也是尽量忍着，但实在被逼急了，他们也就无须再忍了。

有些事情的发生总会有些征兆，一旦发生了，就非同小可。整个医学中心精神科会诊团队的住院医生宣布集体罢工，他们不但向住院医师训练部门告了斯蒂芬医生的状，而且还把斯蒂芬医生的所作所为反映给了精神医院，以及上面的医学中心。住院医生们要求撤换斯蒂芬医生，并且取消他作为住院医生个人指导老师和年级指导老师的资格。

医院行政管理层慌了，各级大佬们被惊动了。住院医生们集体造反了，这是美国医院历史上从未有过的事。从前只是有个别住院医生会被投诉，但这种个人投诉会被打压，会被大事化小、小事化了。可法不责众，何况这帮住院医生两周后就会成为高年资住院医生，是医院里日常治疗、教学和对外服务的顶梁柱。

纸包不住火，又何况是被压抑长久的怒火。上面的领导发话了，医院不得不立即进行全面调查。住院总和住院医生训练部主任需要和每一位与斯蒂芬医生工作过的住院医生谈话，了解他的工作习惯和细节，特别是对住院医生不合理的苛刻和打压报复。医院要求调查结果必须反馈给所有住院医生，不可以有任何隐瞒。

全面调查持续了两个星期，住院医生训练部主任召集特别会议，公布了调查结果。对斯蒂芬医生的个人评价部分整整占了三页纸，超过两页半全是非常负面的评价。余下不到半页，有些是正面的肯定。这里面包括我的一些观点，我认为斯蒂芬医生的知识比较全面，可能比较适合做教学医生。

训练部主任同样将调查报告反馈给斯蒂芬医生，他也被通知鉴于众多住院医生的强烈反对，他作为住院医生个人指导老师和年级指导老师的资格将被取消。不过，令斯蒂芬医生感到意外的是，唯一一位同意保留他个人指导老师资格的住院医生竟然是我。

新上任的住院总是罢工年级的住院医生领头人丹尼尔医生。他和我单独谈话，对医院前一段时间未能重视我对急诊室工作的反映表示深深的歉意。他说他太了解我的痛苦和烦恼了，斯蒂芬医生的工作方式逼疯了所有和他一起工作的住院医生。他很不理解，为什么当我已经向医院反映了斯蒂芬医生的问题后，住院医生训练部还要安排斯蒂芬医生作我新一年度的个人指导老师。他告诉我，所有住院医生都要求撤换斯蒂芬医生的个人指导老师的资格。丹尼尔医生问我，是不是也有同样的要求。

我想了一会，告诉丹尼尔医生，我其实真的一点也不喜欢和斯蒂芬医生一起工作。但我目前兼修针对各种人格障碍的心理治疗训练，还没有遇到过一个典型强迫型人格障碍的合适人选。我需要增加自己的临床经验，更需要挑战自己的压力承受程度。我可以暂时保留已有的安排，不更换个人指导老师。丹尼尔医生笑了，点点头，说很欣赏我有勇气接受这样一种挑战。他也安慰我说，如果我遇到麻烦，需要更换不同的个人指导老师，任何时候都可以告诉他。

被住院医生们的抗争弄得灰头土脸的斯蒂芬医生，被安排休了两个星期的假。回来后，他确实改变了不少。根据其他住院医生的反应，他的工作效率有所提高。

新的训练年度开始后，我离开了急诊室，回到住院部工作。和斯蒂芬医生的接触也就限于一周一次、每次一小时的指导。

我第一次踏入斯蒂芬医生的办公室时，发现他的房间干净整洁，宽敞明亮。办公室窗户前有一盆精心修剪的文竹，办公桌旁的案几上，一缕绿萝爬上了灯饰的引导杆。茶几桌面一尘不染。温和的阳光穿过绿色植物，让整个空间显得舒爽且充满活力。墙上有几幅小壁画和装饰品，一股幽幽的文化气息融入整个房间。紧邻花坛的窗户微微留了个细缝，薄薄的窗帘随微风轻轻拂动，真是好惬意的办公休息环境。整个房间的安排，每一处细节都看得出主人力求完美的精心设计和规划。一派生机中不乏安宁与舒适。

斯蒂芬医生看上去比较疲惫，我和他简单寒暄几句，聊了一些他度假的轻松话题。他倒是比我直接，主动提及自己的一些焦虑情绪。他也特别感谢我对他的信任，希望在接下来这一年，双方的互动能够对我的学业和训练有所帮助。

在这一年的相处中，我和他对彼此都有了较深的了解，虽然谈不上有浓浓的友情，但互相多了一份尊重。我很少请教他药物治疗方面的问题，说实话，作为一名神经药理学博士，我对相关药物的药理毒理、作用机制、药物动力学等颇有研究。

我曾经在医院里针对抗精神病药物的临床治疗机理做过一次讲座。后来，我竟然发现我讲座时用的 PPT 被医院特别专科选为教学资料。当然，医院是不会付我版权费的。

斯蒂芬医生还是很有理论水平的，否则他的教学表现欲望也不会那么强烈。我和他探讨了一些我在给患者做心理辅导时遇到的问题。听斯蒂芬医生说，他本科学的是心理学，学习了从生物学、哲学、社会学等各种角度去分析人类行为的原因。他对各种心理治疗理论的学术发展，特殊疾病不同心理辅导方法的选择，心理分析和社会现象的形成有较多了解。针对我提及的一些特殊人格障碍的患者，斯蒂芬医生经常会推荐几篇文章或一些书供我阅读参考。他书架上有一些心理学治疗方面的书籍，不时也会借一些供我阅读，我自觉受益颇多。

一年的时间很快就过去了，媳妇也熬成了婆，我成了高年资住院医生，开始独当一面，负责医院临床研究工作。我和斯蒂芬医生也结束了我们之间的最后一次辅导。这次会面，我们两个人基本都是很轻松地闲聊。斯蒂芬医生给了我很高的年度表现评分。其实，我们都明白，虽然有挑战，但我们彼此之间完成了一个不错的磨合。斯蒂芬医生告诉我他找到了另外一个工作，很快就要离开我们医院了。他态度很诚恳地提到了这一年的备受争议和众多住院医生对他的回避，并再一次感谢我对他的信任和支持。最后，他问我对他有什么看法和建议。我真诚地感谢了他这一年来对我的帮助和指导，我告诉斯蒂芬医生，他具备一名优秀教师所需的所有能力和知识，他会是一名负责任的好医生，但是我不建议他去教学医院工作。

斯蒂芬医生微笑着点头说，他知道自己的问题，他已经很努力并且尽可能地去控制和改善自己的焦虑情绪。作为精神科医生，他还是很了解自己、对自己有足够认知的。他说："改变别人不容易，改变自己更困难。与其去强求自己，不如去回避冲突。"

斯蒂芬医生说我猜中了他的选择，他去了一家非教学性医院当住院部医生。此外，他还会在一家医学院兼职理论教学。

第 9 章 悲剧的账算在谁头上

金末元初著名诗人元好问有一首《雁丘词》，是诗人感伤一只大雁因为伴侣被网杀而悲鸣投地自尽而死所作。这首词赞美了双雁生死相许、纯真伟大的爱情。词里述说了喜悦团聚的欢乐，感伤离别的痛苦，和一生相恋至死不变的痴情。"问世间，情是何物，直教生死相许？天南地北双飞客，老翅几回寒暑。欢乐趣，离别苦，就中更有痴儿女。君应有语：渺万里层云，千山暮景，只影向谁去？"

美国是一个世界各族裔的大熔炉，不同肤色、不同语言、不同信仰的人们为追求自己的人生幸福来到这里。在加州，有许多亚洲国家包括中国过来的移民。我看到过夫妻相守，一路艰辛扶持；看到过夫妻反目，转眼各奔前程；看到过同文同种的男女永结同心；也看到过不同族裔恋人们的悲欢离合。

我刚来美国那年，在机场错过了和教授的会面。我一个电话打过去，几句话后，白人教授竟然开始高兴地用普通话和我说话，差点没惊掉我的下巴，我一时都不知道该怎么回答了。电话那头悠悠地传来一声疑问："你不会说中国话吗？"后来我才知道，教授娶的是大学同学，一个三代移民的广东华裔。

二十年来，教授爱屋及乌，练就了一口标准流利的粤语。每次，他领着实验室同仁们去饮茶，哪有别人开口的份，他一个金发碧眼的白人，和一帮送点心、倒茶水的华裔大妈小哥们谈笑风生。周围的老广东和我一样，个个惊得合不拢嘴。教授的口音比广东人还广东人。

教授也有苦恼，有次满脸不高兴地告诉我昨天和太太一起回她的娘家了。丈母娘看女婿，越看越开心，英文和粤语夹杂着开口说道："詹姆斯，詹姆斯，我太爱你了。"可下一句绝了，"即使你是个白鬼！"老太太信口开河，惹得满屋子亲友哄堂大笑。教授很苦恼，他非常不喜欢被人叫白鬼。我的这位教授为人极其和善，对我学术生涯的发展帮助极多。

并不是所有女性都能遇到一位像詹姆斯教授这么靠谱的爱人。临床上，我见过许多被骗婚骗色的华人女性，不用多说，她们一定是遇到了各种肤色的渣男。常有朋友开玩笑说，天下的好男人差不多濒临绝种，打着灯笼也难找。世间心肠诡异、一肚子坏水的男人，一转头就能砸到三个。你说怎么办？那些受苦受害的女人们，往往打碎银牙往肚子里咽，赔财赔色不说，往往还会受尽肉体和精神上的虐待，苦不堪言，无处申冤。为什么？在这里面，有不少女性为的是早日拿到那张绿卡，饥不择食、慌不择路、遇人不淑，被中山狼钻了空子。这些女性受害者除了寻求心理治疗、找律师走法律途径保护自己的权益外，余下的只能去求助妇女成人保护机构了。

其实，世间不同族裔通婚的真挚爱情更多。数十年相亲相爱、白发偕老的夫妻比比皆是,我在临床上也遇到过许多对佳偶。一位老妇人丧偶后嫁给了一位白人老先生,两人比比画画,语言上只是初通。老妇人细心地照顾老先生的起居,老先生勤勤恳恳做太太的车夫。老先生是个退伍军人,也没有多少钱。他生怕自己不在世以后,太太的生活没了着落,所以早早地就把自己的退休金福利计划给太太安排妥当。

另有一位女士遇到了她生命中的真命天子,与丈夫恩恩爱爱二十多年。她先生后来生了重病,早早请律师立了遗嘱,把一生的所有积蓄都留给了她。遗嘱放在家中的保险柜里,可这位女士从来都是甩手掌柜,大大咧咧惯了,根本记不住需要记密码、按复杂程序操作的开锁方式。她先生手把手教过她许多次,她就是学不会,先生实在是拿她没办法。她先生直至临终的那一天,意识到自己大限将至,就让她搀扶着,挣扎着起床,打开保险柜,取出遗嘱,让她千万不要再锁进去了。几个小时后,她先生停止了呼吸。每每谈及此事,这位女士总是泣不成声。人生苦短,得一爱侣如斯,值了!

我初次遇见蒂娜,应该是七八年前。她当时刚刚从精神病院出院,被安排到诊所随访。蒂娜由她先生和自己的父母陪同过来,一家人看上去神情都很紧张,个个满面愁容。

蒂娜父母是中国人,但她出生在美国。小时候学校里根本没有说中文的同学,她在家里能听懂父母说的简单对话,但自己基本上不会说中文。她的父母来自中国台湾,父亲早年从部队退役后,便来美国发展。蒂娜是独生女,她的父母中年得女，非常宠她，对她也颇多迁就。蒂娜不会说中文，她的父母只能结结巴巴地用英文努力地和她沟通。

蒂娜父亲很健谈，他说和我是老乡。他的父亲原为卫立煌将军部下，老家也在大别山区。谈到老家，他特别高兴。说他在老家有投资，每年都会回去待一段时间。看到蒂娜父亲谈起故乡眉飞色舞的样子，不禁使我想起两句忆故乡的诗句："行尽潇湘万里余，少逢知己忆吾庐。"他接着又说，民国政府败退到台湾地区后，因他的父亲系卫立煌旧部，颇受排挤。后来卫立煌将军从香港回到北京，他的旧部基本被彻底清洗出了部队高层。蒂娜父亲在部队虽然十分努力，但升不到校官，十分灰心。他退役后和太太移民到美国，一晃数十年已经过去了。女儿蒂娜都有两个十多岁的孩子了。

蒂娜的先生是白人，也是二代移民。他的父母来自世界上那个国土面积最大的国家。蒂娜先生温文儒雅，中等身高，身体健壮。他和蒂娜是大学校友。两人结婚已经十多年了，看上去感情不错。在美国，孩子成年后都会搬出去单独住，一般不会和父母住在一起。在白人家庭，这种现象更为普遍。但是蒂娜说，她和她先生结婚后，先生的父母就搬到他们家，一直和他们生活在一起，这让我觉得有点诧异。蒂娜和她先生都在大公司工作，两个人薪水颇丰。这样的中产阶级白领通常独立性都是很强的。

通过直接询问蒂娜和她的家人，我了解了她的发病和现状。蒂娜的诊断并不困难，属于典型的精神分裂症。其实，她的精神症状在她20多岁时就已经出现了。起初她的症状比较轻微，时有幻听，有时会对人对事心存怀疑。蒂娜开始还可以自己控制自己的情绪，避免受到精神症状的干扰。可她不愿意接受药物治疗，一直相信积极的身体锻炼可以控制或减轻精神症状。

过去几年间，蒂娜的精神症状已经严重影响了她正常的工作和生活能力。因为蒂娜反应迟缓，工作表现异常，所以她已经被公司上级主管反复批评警告过，两个月前终于被公司解雇了。尽管她的父母和先生都在反复劝说，蒂娜始终拒绝接受药物治疗。后来，蒂娜的妄想症状严重到不敢吃家人提供的食物，怀疑公婆对她有加害之心，她把自己关进房间里，并拒绝她的先生看望。最后，她先生实在没了章法，不得不打电话寻求医疗救助。蒂娜被强制送入精神病院接受治疗，因为她拒绝服药，所以她的强制治疗又被延长至两周。

加州的精神疾病治疗受到严格的法律约束。精神疾病患者只有具备至少以下三种条件之一，才能由有资格的专业工作人员决定是否有强制入院治疗的必要。这三种情况包括：精神患者有自杀的想法或行为；患者有杀人的想法，特别是有特定对象或有杀人企图；患者不能给自己提供食物、衣服和住处。通常第一阶段的强制入院治疗不能超过三天，即72小时。强制治疗三天以后，若患者的上述症状没有缓解，住院部医生可考虑延长强制性治疗时间到两周。这两周的强制性治疗有更多的法律要求和申请程序。

在临床上，女性精神分裂症患者治疗预后普遍良好，95%的女性患者有非常好的治疗顺应性，她们和正常健康人一样，能完成学业，从事工作，拥有自己的幸福家庭。只有约百分之五的女性患者会抗拒治疗。不幸的是，蒂娜正属于这少数拒绝治疗的女性。无论医生如何教育劝导，丈夫如何关心鼓励，父母如何苦苦哀求，蒂娜对治疗的抵抗硬如顽石，坚似钢铁，水泼不进，针扎不通。她的认知障碍导致她的不幸被慢慢拉开了帷幕。

蒂娜只是在实在控制不住幻听和妄想的状态下，才会勉强且抠斤克两地服些药物。经过这么多年的观察，我发现她认真吃药的时间从来不会超过两个月，而且服药仅是发生在每次她出院后的一两个月内。其实，蒂娜对抗精神病药物治疗的反应是非常不错的，一般服药十天半个月，她的症状就会迅速得到改善，她也承认药物的效果。不过，她的问题在于拒绝承认自己有精神问题，她始终不相信自己有病并且需要长期治疗。后来，她又多次入院治疗。由于她治疗的不顺从和精神疾病的反复加重，她的精神认知能力已经一落千丈。

从蒂娜第一次出院后，她的白人公公婆婆便不允许她回去居住了。为此，我特地问她先生，他们目前的住房拥有者是他的父母，还是他们夫妻，答案是明确的，蒂娜和她丈夫是住房所有者，她的公公婆婆只不过是这所住宅里的两位住客。就在蒂娜见我初诊的当天，我亲耳听见蒂娜的先生劝蒂娜先住到她的娘家，等病情好转时再搬回去。蒂娜父母望着她和女婿，表情非常诧异。蒂娜虽然有精神问题，但她先生这么说，她还是很疑惑。蒂娜拉住先生的手，望着他的眼睛，说道："我们还是一家人吗？你还爱我吗？"他先生轻轻拍着她的背，肯定地说："我非常爱你！我们当然是一家人。"

回到娘家后的蒂娜很快被告知，她的公公婆婆不允许她单独回来探视她的一双儿女。理由是怕她的精神状态不稳定，会对两个十来岁的孩子造成伤害。蒂娜父母十分气恼，认为亲家的要求特别无理。可惜两人英文有限，无法和对方交流。在蒂娜先生陪她回访时，我受蒂娜父亲所托，还特地问了一下。我告诉她先生，蒂娜目前的病症对他人、对孩子不具有危险性。蒂娜定期探视孩子，能够增强亲子感情，维系家庭稳固，对她的康复会有帮助。她先生说："只要有我在家，蒂娜每个周末都能回去看孩子。"他的话逻辑十分清晰完整。

我心里十分清楚，蒂娜的婚姻亮起了红灯。一边是懦弱的父母，一边是强势的公婆。蒂娜先生带着自己父母和孩子们住在蒂娜拥有所有权的大宅，以不合逻辑的借口有意疏远母亲和孩子们的感情。蒂娜的先生一如既往带蒂娜看医生，安排蒂娜探访孩子，看上去还是那么细心体贴。蒂娜似懂非懂，顺从着他的安排。我远远地在一边观察着，说实话，我从这个貌似体贴、彬彬有礼的男人身上，实在看不出一丁点夫妻之间的真挚感情。

不出我所料，蒂娜被安排住在父母家，这是她和她先生正式分居的开始。半年以后，他先生借口他父母认为蒂娜和孩子们生活在一起，会对孩子们成长有不利影响，和蒂娜提出了离婚的要求。我也能想得到，以蒂娜目前的认知，她是不可能看穿身边这个男人的谋划的。蒂娜父母悲伤不已，但他们心里应该是预料到了。具体离婚有什么协议，患者不说，医生也不好去问。

蒂娜和我的随访一直是断断续续的。因为她不配合药物治疗，有时候大半年她都不会来诊所一次。她的父亲得到她的允许，不时给我写电子邮件，告知她的一些近况。蒂娜离婚后，申请了社会残障福利，也得到了批准。因为蒂娜父母家离她孩子住处太远，她一个人租了间公寓，离她自己原来拥有的那个大宅不远。她每周苦苦等待着周末和孩子们两个钟头见面的机会。

大概在蒂娜找我看病后的第三年，我接受了她们家的第二个患者，那是蒂娜和她先生所生的13岁的儿子。我看到新病人个人信息时就猜出来他是谁了，因为她先生的夫姓比较少见，名字特别长。

我请这个少年进了诊所，是蒂娜先生陪着过来的。他的样子看上去还是那么稳当，他说孩子的精神状态不稳定，在学校有很严重的行为问题，和同学之间经常发生冲突，情绪急躁，有言语暴力。学校已经通知他，孩子必须接受治疗。

我和这个少年礼貌地打了个招呼，但见他一脸阴沉，眼睛充满恶意地看着我，和我说的第一句话竟然是："我恨你！"

我心里微有不爽，也直视着他恶狠狠的目光，回了他一句："为什么？"

他没有回答，他的爸爸立即制止了他的语言挑衅，连声向我道歉，说他儿子一直是个好孩子，只不过这两年来情绪大变，他也感觉很困惑。

其实，这是我第三次见到蒂娜的儿子了。第一次是在他妈妈和我首诊的时候，第二次是在一年多前，那次我就觉得这个孩子有问题。当时，他猛地站起身，身上披的宽大外衣从肩上滑脱，他的外婆细心地帮他把衣服往上拉了一下，眼里满是慈爱，结果他却一摔肩膀，把他外婆的手抖开了，满脸嫌弃之色。他嘴里低声嘟囔了一句，听不清楚说了些什么。蒂娜怔怔地看着他，无言以对。全家人都不吭声，尴尬了半分钟，还是他爸爸提高嗓门，喊了一声他的名字。

见这个少年不肯合作，我毫不客气地告诉他，门诊治疗是患者的自愿行为，他如果认为自己不需要帮助，可以离开了。他父亲连忙为他儿子的放肆言行一再道歉，说他知道我对蒂娜的治疗已经尽心尽力了，蒂娜不服从治疗是她自己的性格所致，也是命该如此。他相信我一定能帮助他的儿子，他也一定保证他的儿子绝对服从药物治疗。

话说到这里，我也没再多讲什么。蒂娜的儿子患有抑郁症。青少年抑郁症有一个特别之处，患者不会说出自己有多么悲伤。他们通常会表现出极度的愤怒和暴躁。他也许认为我没有治好他的妈妈，把他妈妈可悲的命运都算在我头上了。

临床上，绝大多数抑郁症和焦虑症的治疗并不困难，但患者的症状缓解后，维持治疗、预防复发是治疗的重点。像蒂娜儿子这样首次发作的青少年抑郁症，因有家族遗传因素，症状完全控制后，还应该吃一年的药物来巩固疗效。我和他的父亲一一交代了治疗中的注意事项，然后开了处方，让他们去药房取药。

蒂娜先生对儿子的治疗绝不马虎，每个月都会带儿子准时会诊。他每天督促着儿子吃药。很快，少年的情绪趋于稳定，在学校的表现良好，老师也不再抱怨了。三个月后，他的愤怒情绪和行为问题完全得到了改善。蒂娜先生按照我的要求，让他儿子又服用了一年抗抑郁症药物，直到我告诉他们可以停药了。

最后一次为蒂娜儿子复诊时，他的爸爸开心不已。然而，少年却没有说任何一句感谢的话，只不过他早没了那种恶狠狠的眼神。我对少年和他的父亲表示了祝贺，但我心如明镜，父母的婚姻破裂已经给他幼小的心灵带来了严重伤害。他性格中的冷漠和对亲情的漠视可能会影响他的一生幸福。

现在，我应该改称蒂娜的先生为蒂娜的前夫，他们已经正式离婚了。

蒂娜虽然精神上有病，但舐犊之心不减。她一个人住在离她原来那座大宅不远的一处小公寓里。每个星期天她都盼望着周末早早到来，盼望和两个孩子会面，享受接下来那两个小时的亲子快乐。

蒂娜前夫起初还能每周过来，接她去家里看看孩子。后来，他越来越忙了。离婚后，他开始一个一个地交女朋友了，平时他还得去公司上班，周末的时间对他来说很金贵。

一连几周，蒂娜前夫都给了蒂娜不同的借口，不能来接她回家了。后来，连打电话给借口的时间都省了下来。可怜了这个无助的女人，她怎么都联系不上前夫，也不知道两个孩子的近况。她的两个孩子似乎也不怎么关心自己妈妈的存在。蒂娜急坏了，有次又到了平常应该见孩子的周末，她忍不住索性直接过来看孩子。蒂娜没有车，独自步行了几英里①的路。

世上没有无缘无故的爱，但也不应该有莫名其妙的恨。蒂娜前夫正在家里陪新女友喝着美酒，品着佳肴，蒂娜的突然出现让所有人都愣了神。蒂娜前夫觉得很尴尬，但忍着没有发作。那一对前公婆倒是先跳了出来，指责蒂娜不守约定，不请自到。昔日的婆婆尤为无耻，警告蒂娜下次如果不请自到，她将会以蒂娜有精神病，可能对孩子们造成伤害的理由，向法庭申请限制令。蒂娜的一对儿女远远地看着可怜的母亲，也不上前安慰。

有了新借口，前夫不再让蒂娜登门看望孩子了。他想出了

---

① 1英里≈1.61千米。

一个新招，在约定的时间带两个孩子去蒂娜的公寓。蒂娜哪有什么分辩的机会，能让她见见孩子已经是恩赐了。每次到了见面的时候，女儿还能陪她说说话。她的儿子跟她几乎没话说，不是躺在沙发上自顾自玩游戏，就是打个招呼后和他爸爸出去晃荡，过两个小时再过来接妹妹回家。除了女儿对妈妈还有些许不舍，蒂娜在其他人的眼里就是多余的。

有关蒂娜的许多事情，都是蒂娜的老父亲在带她过来随访时告诉我的。有时，老先生生气的时候，还会给我写邮件，为女儿的不幸和遭受的精神虐待表示愤慨。

蒂娜的治疗毫无进展，医生的劝诫和父母的眼泪最多只能换来她的一句对不起。当你劝她一定要接受药物治疗时，她就说同意吃药。你用尽心思开出去的药物，到她那里却变成了抽屉里的陈设。蒂娜父亲也是失望至极，每次去给女儿送新取的药物，拉开抽屉，总能见到上几个月的药物依然原封不动。他骂也骂了，哭也哭了，只能哀其不幸，怒其不争。

后来因为疫情的关系，我和蒂娜的随访基本上只限于电话问诊，但每次电话都问不出什么新的内容。蒂娜的药月月开，月月拿，也月月扔。时间长了，连她父母对她的治疗都不抱任何希望了。

我最后一次收到她父亲的电子邮件应该是一年之前了。蒂娜父亲的信里充满了失望和无奈。他告诉我，他们老两口已经委托律师，作了生前信托，把他们财产的最终受益人改成了蒂娜。蒂娜每个月可以从信托资产里拿出一笔钱作为生活支出。如果蒂娜将来不在了，那剩余信托资产将会被捐赠给社会。

  我看多了不同族裔的婚姻，有美满的、幸福的、欢喜的和相互关爱的，也有痛苦的、悲伤的、冷漠的和心里滴血的。夫妻本是同林鸟，大难来时各自飞。有时候我不禁感到悲哀，某些人类的所为连低级的动物都不如。

第 10 章 两代人的悲伤

我在国内读书时，医学院二年级有一门课是"微生物与寄生虫病学"，这其实是两门差别很大的学科，硬生生地给揉到了一起。教学时，两个教研室的老师也是各教各的。有趣的是，同学们喊微生物老师时，老师都自然应声，可喊寄生虫老师时，老师却不干了，一定要认真纠正同学们："若记不得老师姓张姓李，可以叫寄生虫学老师。"老师严肃地说，这一字之差，差别之大，实在让人无法消受。

　　其实我也常常纠正周围的朋友熟人，我们这科正确的名称是精神科，不是神经病科。精神科治疗神经功能和认知，神经科治疗神经病变。我们虽说是精神科，但真正有精神疾病的患者，只占临床病人总数的十分之一。绝大多数求治的患者均为焦虑症或抑郁症。抑郁症不是精神病，分类上属于情感障碍类疾病。

　　临床上抑郁症分为五型，其中一型为产后抑郁症型。从受精卵着床到十月妊娠期满分娩，女性身体会经受不同激素分泌的巨大波动。产妇最初的兴奋喜悦可能会变成恐惧焦虑。产后这些强烈的情绪变化，可能导致意想不到的精神痛苦与身体不适。

不少女性在分娩后，会出现轻度的抑郁症状，年轻妈妈们会主诉情绪波动、哭泣、焦虑和睡眠困难。轻度的产后抑郁通常在分娩后两到三天内开始出现，病程可能持续长达两周。这一类型抑郁症的症状较轻，会逐渐自愈。但是，少部分产后女性可能会出现更严重、更持久的抑郁症状，即产后严重抑郁症，临床上称之为抑郁症产后型。一般到达这个程度的抑郁症，病程可迁延数月或更久。严重产后抑郁症的妇女悲伤忧愁，对工作、学习和生活失去了兴趣和信心，其中少数人还会出现轻生的念头。极个别情况下，患者还有幻听或迫害妄想的精神症状。

这一天，诊所来了一位名叫安妮的年轻妈妈，26岁，中等身材，略微消瘦，端庄娴静，面庞白净，眼神忧伤。她的眼眶微黑，神情倦怠，估计是缺少睡眠的缘故。安妮自诉三个月前生了个男孩，足月头胎，产后母子俱安。可是产后几个月以来，她的情绪变化很大，总是严重悲伤、焦虑不安、失眠疲劳、头痛胸闷、颈项酸胀、肌肉紧张和坐卧不宁。安妮成天无精打采，对生活中的一切事物都失去了兴趣。她成天躲在房间里，不想见人，也无法正常照顾孩子。安妮经常无声掩泣，也不和家里人说话。她的悲伤哭泣吓坏了她的婆婆。在婆婆的关心督促下，安妮去见了她的妇产科医生。现在，她又被她的妇产科医生推荐到精神科来了。

从病状和发病的情况来看，安妮的症状符合产后抑郁症的诊断标准。安妮从前没有任何情绪方面的问题，也没有任何家族病史。安妮是新移民，她的父母先期来美，后来申请了子女移民，安妮这才来美和父母团聚。安妮婚后和丈夫婆婆生活在一起，当家庭主妇，她一直没有出去工作过。

安妮的病情属于中等偏重，我建议她服用抗抑郁症药物治疗。她产后刚刚三个月，还在哺乳期，她还想继续给孩子喂奶。我安排她每天晚上临睡前服用抗抑郁症药物。我选用的那种药物副作用小，代谢相对较快。我让安妮白天把多余的乳汁用吸奶器泵出，装入容器冷藏保存。她服药后夜间就不要直接哺乳了，如果夜间婴儿饿了，她可将白天储存的乳汁加温后给孩子喂食。我让她早上醒来后，将乳房里夜间产生的新乳泵出倒掉。按这样操作的话，婴儿接触药物的可能性会大大降低。安妮点头说明白，她会遵循医嘱执行。

服药几周后，安妮的抑郁症状开始有所减轻。她每月如约来到诊所复诊，汇报治疗进展。安妮的症状虽有好转，但改善有限。虽然那些与焦虑相关的躯体症状减轻了不少，但安妮还是一直郁郁寡欢，忧伤不减。哺乳十个月后，安妮给孩子断了奶，改喂辅食和婴儿奶粉。没有了对婴儿接触药物的顾虑，我增加了她口服药物的剂量，希望她的抑郁症状能很快得到改善。

安妮的病情时好时坏，反反复复，和临床上一般产后抑郁症治疗的反应大相径庭，我思来想去，不得其解。每次复诊的时候，我都会仔细询问她有无特殊烦恼，或家里有什么解决不了的问题。安妮支支吾吾,几次涨红了脸想说什么,最后都是欲言又止。

在我反复询问下,安妮终于鼓足了勇气,含羞地轻声说道:"医生,我想我的病因与我先生的状况有关。他一直在回避着我。"

我问道:"什么样的回避呢?这种情况有多长时间了?"

安妮红着脸说:"我先生可能是不喜欢我,新婚当晚他都没有碰我,我们各自睡在自己的被子里。后来的第一次还是我自己主动的。我能感觉到,他想匆匆了事,就是应付我一下。我和他结婚这两年多来,我们之间的夫妻行为一共也没多少次。我不主动,他绝不会碰我。"

安妮说着,两行泪珠潸然而下。她说道:"每天晚上,他就坐在房间的角落里打游戏,我喊他,他有时都不吭一声。当我反复催促他早点睡觉的时候,他才嗯一下,身子却不动地方。我每晚催他上床,等到自己都困极了,只好先去睡。醒来一看,他蜷缩在床的另一边,衣服都不脱。"

"平时,你先生和你有什么亲热的举动吗?比如说,亲亲你,或抱抱你什么的?"我问她。

"哪有这些?"安妮摇摇头,幽幽叹息一声,"结婚前,我就觉得奇怪,他从不主动拉我的手,也不会拥抱我。婆婆说他从小害羞,没谈过恋爱。可结婚后,我们一起外出,他也都是和我离得远远的，一点没有人家夫妻间的那种亲密感。"

我又问："那你们是如何认识的呢？"

"我三年前从国内移民来美国，英文不好，认识的人有限。我家里有亲戚认识我先生的妈妈，介绍他和我认识。每次见面，他都很害羞，脸红红的，话也不多，常常是我问他答。我看他人长得清秀，脾气也好，加上双方家长的催促，我就糊里糊涂地答应和他结婚了。我没想到结婚后会是这样！"

我思索了一下，问安妮："这是你第一次谈恋爱吗？"安妮点点头。

"那么，你有没有发现你先生和其他人有亲密的交往。"我想看一下有无其他的可能性。

"那倒是没有！"安妮比较肯定，她接着说，"我先生只做一份兼职的技术员工作，每天上四个小时班，他下班就回家。我们和婆婆一起生活，公公早年就过世了，先生是婆婆一手带大的。先生那点收入，根本无法养家。婆婆退休了，还得出去打工，补贴家用。"

我想了想，告诉安妮："你下次复诊时，请你先生一起过来。你就说是医生嘱咐的，请他一定过来，有重要的事情需要讨论。"

一个月后，安妮复诊时，果真带着她的先生来到我的办公室。她的先生个头不高，瘦弱白净，戴副近视眼镜。他看到我憨憨一笑，我和他寒暄几句，两人目光对视时，他迅速将头扭到一边，目光明显有些回避。

我和安妮的先生聊了几句，知道他叫彼得。确实如安妮所描述的那样，彼得不会主动问你什么，他都是很被动地回答问题。干我们这一行的，具有超级的职业敏感性和直觉性。几句话问下来，我心里其实已经有了答案。我问彼得，他是否知道他妻子现在的病情，他点点头，又摇摇头，说他也不清楚。我问他愿不愿意约个时间和我谈谈，这种沟通对他和他太太的治疗会有帮助。彼得想了一下，说要和他的妈妈商量。

送安妮和她的先生离开诊室的时候，我感到一阵心寒，为这个单纯的年轻妈妈感到难过。一个傻傻的女孩追求爱情，却根本不懂什么是爱情。我忽然想起那句古训，"男怕入错行，女怕嫁错郎"。安妮涉世不深，思想极其单纯，世间真有这样的傻女孩！

安妮回去就将今天和医生见面的事情告诉了她婆婆。安妮的婆婆不像彼得那么畏畏缩缩，而是立即打电话给诊所，帮她儿子预约了见我的时间。两周后，安妮一家准时来访，彼得希望他的妈妈参加他的首诊，但他却不愿意太太安妮加入。医生必须尊重患者的决定，我就让安妮在候诊室稍等。

彼得妈妈六十多岁了，依然思维敏捷，口齿清晰。她说话语气温和，面有善像。她鬓发带霜，眼眉微修，一看就是个通情达理、知规懂礼的妇人。彼得妈妈感谢医生治疗她的儿媳，也感谢医生关心她的儿子。她更想知道她的儿子是否有心理与精神方面的问题。我让彼得和他太太各自签了一份知情同意书,允许我和彼得的妈妈讨论他们夫妻治疗的问题。他们夫妻两个人均无异议,各自签了字。

彼得妈妈说,她和她先生只育有一子。她先生也是性格内向,不会与人打交道,她和她的先生结婚也晚,都是父母安排的。她的先生以前在国内一个工厂里做工,但不幸中年早逝,那时彼得还不到10岁。彼得妈妈有个小姨早年嫁到了美国,后来帮她们申请了亲属移民。彼得父亲过世后,她就带着儿子移民过来。这么多年,她四处打工,中餐馆,制衣厂,看护老人,做保姆,只要有工作,她都会去做。彼得妈妈说,因为担心彼得会受委屈,她自己没有再嫁。这些年来,她没日没夜地工作,含辛茹苦地把彼得带大。后来考虑彼得成年要成家,她贷款买了套带三个卧室的房子,至今每月还在还贷款。

彼得妈妈说:"我一直觉得我儿子有些问题……他的爸爸就是这样,对我从来都不闻不问。但他也不出门,每月的工资倒是全部交给了我。"彼得妈妈说着,眼泪簌簌落下,"我年轻的时候就特别羡慕别人家那些夫妻的恩恩爱爱,我和他爸爸都没有拉过手。"

"彼得从小就害羞,不会主动和小朋友们一起玩。别人拉他出来玩,他也很腼腆。小时候还有几个同学说得上话,等来到美国,就基本没有朋友了。"她看着彼得,双目含泪,继续说道,"彼得倒是很听我的话。他有时候也会对我发脾气。我觉得孩子蛮可怜的，许多时候，我都是忍耐着。"

见彼得低着头，我问他："你小时候不去找小朋友们玩，那你能干什么呢？"彼得回答："我喜欢自己打游戏，后来喜欢上网，就在网上打游戏，也有朋友。"我问他："你见过你的这些朋友们吗？或者，你和你的朋友只是在网上打游戏时才能碰到？"彼得不吱声，点点头。

"这样的话，你有没有喜欢重复去做什么事情？"我看了看彼得，又看着他妈妈说，"彼得在家里，有没有什么特别怪异的行为？"

彼得妈妈皱着眉头，努力思索着什么，她说："我记得他小的时候经常一个人坐在地上，想用手抓从窗户里透过来的光线。他说他能抓住光。有时候，他会久久地坐在椅子上，前前后后地摇椅子。"

我问彼得："你有什么要补充的吗？"彼得垂头低声说："我喜欢玩过去玩的游戏，我不喜欢玩新的。"

我眼光扫过彼得，接着问："你在学校的成绩怎么样？"听我问这个问题，彼得连忙点头，却没回答。还是他妈妈接了话茬，"彼得成绩一般，中等偏上吧。"

彼得妈妈大概知道我还想问什么，继续说道："彼得中学毕业后，上了社区大学，学的是基础医学检验。毕业后，他一直找不到工作，也不肯出去找工作。前几年，我的一个朋友介绍他到一家很小的私人化验室做一份半职工作。"

虽说这是彼得的初诊，但绝大多数对答都发生在我与他妈妈之间。其实，我对彼得的诊断已经明确，只不过为了慎重起见，我需要更多的证据支持。我让彼得去待诊室陪他太太坐一会，我有话想和他妈妈单独聊一下。

我对彼得妈妈说："您知道彼得和他太太关系有些生变吗？"

她摇摇头说："媳妇很贤惠，从不大声说话，不吵不闹，从来没有对我抱怨过彼得有什么问题。但我知道安妮经常一个人哭，说是抑郁症，这不是让她来您这里看了吗？"她想了想又说，"小夫妻之间的事情，我一个守寡多年的婆婆怎么好意思问呢？"

看样子，彼得妈妈的确不明白其中的原委。我简明扼要地把彼得对他太太的回避和这两年多来无性婚姻的情况和她做了初步的沟通。我话还没说完，她那边已经是泪如泉涌。彼得妈妈一边抽泣，一边叹息，"我怎么这么命苦？他的爸爸和彼得的情况一样。我不是在他爸爸死了后才守寡的，我以前就守着活寡。他爸爸一辈子只碰过我几次，都是我找的他。我的痛苦，现在轮到小一辈们的身上了。"

彼得妈妈抬起泪眼望着我，问道："医生，有没有什么办法能帮帮我儿子？"

我一下子有些词穷，竟然不知道如何客观准确地回答她的问题。上次见到彼得的时候，我就肯定了他的病因。彼得患的是高功能自闭症，也就是我们常说的阿斯伯格综合征。这样的患者缺乏社交能力，有怪异或重复性动作。但这类患者的智商正常，甚至在某些地方，智商或能力可能是超常的。

我请彼得进来，继续询问他在其他方面的一些问题。不出所料，彼得承认他有严重的焦虑，时有愤怒情绪，但他不敢和任何人发作，只敢和他妈妈发脾气。他工作不顺，总是出错。老板和主管已经数度警告过他，但彼得认为都是别人对他不好，他坚信他的同事们想害他。他只敢喝自己带的水，从不碰公用饮水机。他现在不敢和别人说话，他害怕自己脑子里的想法会被别人察觉。他承认每次去上班，都会全身发抖，肌肉僵硬。

我和彼得讨论了他的治疗方案，除了药物治疗，也给他安排了心理训练。我嘱托彼得妈妈监督彼得每天服药。我有些担心地告诉她，彼得治疗的服从性不会太好。他妈妈答应每天看着他吃药。

彼得的治疗一波三折，基本没有进展。他拒绝吃药，他妈妈天天盯着也没用。心理治疗勉强来了一次，就再不露面了。他的坏消息是一个接着一个。因为他日益严重的妄想，工作时胡言乱语，他被单位开除了。彼得的这份工作是老板的朋友介绍的，老板开除了他，也有些不好意思，老板给彼得留了个想头。老板告诉彼得，如果他把病治好了，可以再回公司来上班。安妮实在无法忍受和彼得一起生活的煎熬,她和婆婆痛哭了一场,带着一岁的孩子回了娘家。

彼得和我每月一次的随访从来没有断过,这倒不是他幡然悔悟了,而是被他妈妈逼着必须来。彼得妈妈对我极其信任,我也真是在尽自己全力帮他。除了给予常规教育,让他服从药物治疗,我也花了许多时间辅导他练习生活的基本技能,希望他能多少改善一些人际关系。我觉得我有时候的角色不是他的医生,倒像是他的兄长。我教他如何和邻居亲友相处,如何克服和别人交往时的紧张情绪,如何和岳父母沟通,如何看护孩子,如何建立亲子关系,如何改善夫妻关系,以及如何重温爱情。只是,和一个只知道唯唯诺诺、应声虫一样的患者做如此细微的心理辅导训练是何等困难啊。有时候我觉得非常失望,即使你给予百倍的努力和鼓励,对方也不会付出任何行动。

每次看见彼得妈妈的悲切,我的内心就多一份沉重,也多了一份责任。我思考着如何能更实际地帮助这对母子。因为彼得不服从口服药物的治疗,他的病情每况愈下,过去几个月内连续出现了多次极度危险的行为。他几次茫然地步入机动车道,险些发生车祸。他数回躁动地打破窗户玻璃,割伤自己,被送入急诊。彼得妈妈不得不辞去她的那份半职工作,待在家里时刻不离地看着儿子。这段时间,彼得妈妈因为心神俱疲,缺乏睡眠,看起来憔悴得随时都要倒下去了。因为没了她那份半职工作,她微薄的养老金已经不能支付家里正常的开销和每月的房贷了。彼得妈妈无可奈何,准备卖房子了。

看着彼得的自闭症病情不断加重，我建议彼得妈妈领着他去联邦社会保障局申请残障社会保障福利。同时，我又安排他们去了郡政府社会保障处，申请保护性监督性居家照顾。接下来，申请过程中所需的各种表格都是我一一帮他免费填写的。我与这两个部门相关的医生和社工都通了电话，特地反映了彼得自闭症的严重性和他的家庭所遇到的现实困难，恳求他们帮助这个陷入窘境的家庭。

世上还是好人多。彼得很幸运，他第一次申请残障社会保障福利就得到了批准。他的保护性监督性居家照顾的申请也幸运地批了下来。他每个月拿到的被照顾时间有200多个小时，费用由郡政府支出。这相当于一份全职的政府工作，照顾人自然是他妈妈。这两笔收入合在一起，着实给力。这笔钱对一个眼看就要垮塌的家庭无疑是雪中送炭，真是挽救了这对母子。

彼得不肯口服治疗药物，但后来同意接受药物注射治疗。现在他每月接受一剂新型抗精神病注射药治疗，他的妄想、幻听和躁动症状有了显著改善。

经济压力得到缓解后，彼得每月能给自己的儿子付500美元的抚养费了，这一切都是彼得妈妈直接安排的。安妮的父母极其善良包容，女儿带孩子回娘家后，他们从未对彼得和他的母亲有过任何责备抱怨，对他们的小外孙也是无微不至地照顾着。安妮说，她和她的父母其实每天都生活在一种无法描述的忧虑之中，她们担心这个乖巧的小孩子将来长大后会不会也重复他父亲的故事。

几年后，彼得和安妮正式离婚了，女方没有提出任何补偿的要求。法官考虑到彼得缺乏稳定的精神状态，将孩子的抚养权判给了母亲。彼得和他的妈妈每周都有自由探视的权力。彼得妈妈感谢昔日儿媳的善良，真诚地祝福安妮早日寻找到属于自己的幸福。

彼得继续接受我定期的随访和治疗。他的妈妈每年中秋节前会亲自送来一大包自己包的广式粽子；每年的农历春节前，她会送来一些应节的土特产品。我几番推辞不收，彼得妈妈急得都哭了。她说："彼得这个样子，他不会懂得感恩，他不晓得珍惜医生无私的帮助。"彼得妈妈说道，她会永远记住医生对她们母子的好，只要她还走得动，每年这两个节日她一定会来看看医生。她眼里含着泪说："我没能留住媳妇和孙子，但我还有儿子，我保住了房子，还有这个家。"

第 11 章 妥协有时是最好的选择

去年农历新年过后，诊所里来了位新患者，是一位身材瘦高、走路颤颤巍巍的老先生，看上去十分面熟，我觉得似曾相识却又一时想不起名字。一问起来，他竟是我以前的老患者柯先生，陪同他来的柯太太也是熟人。十年前，柯先生在泰雅诊所看了一年多。人一对上号，我立刻就想起了当年的情景。我从前在那个诊所兼职工作过几年，后来就去了其他的医院。岁月如梭，光阴似箭，十多年时间过去了，老人家现在都75岁了。他头发花白，人又瘦又黑，背也佝偻得厉害。

柯先生话不多，问起病情和近况，他的回答都很简单。老先生声音细微，我得集中注意力才能听清楚。绝大多数时候，都是柯太太帮着回答。柯太太一直埋怨柯先生天生胆怯害羞，不善于和别人打交道。柯先生平素也没什么社交活动，都是围着家庭和孩子打转。他的身体一直不是很好，很早就提前退休养病了。从年轻时开始，柯先生就有抑郁症，多年来他一直依赖药物治疗，情绪还算稳定。原先的泰雅诊所因为缺乏精神专科医生，像柯先生这样比较稳定的老病号就被推荐到私人医生诊所来了。

我问柯先生的近况如何，他回答自己基本感觉良好，心情稳定，睡眠尚可。他说他的胃口不算太好，吃得不多，他时有胃肠道炎症，所以体重一向偏低。柯先生站在那里看起来瘦高瘦高的，厚厚的眼镜片像玻璃瓶底。他手里挂着细拐杖，我脑海里一下子冒出了一个金庸武侠人物的形象，他有点像江南七怪中的飞天蝙蝠柯镇恶。只不过书中的柯大侠铁骨铮铮，大义凛然，眼前的这位柯先生却是颤颤巍巍，一副弱不禁风的书呆子模样。我转念一想，那位柯大侠晚年寄居桃花岛上，整天被古怪淘气的郭芙缠着，那点英雄豪气大概也早被折腾成渔舟唱晚了。

柯先生是个很认真的患者，每隔两个月会和他太太一起来诊所回访一次。因为他的病情相对稳定，他的抗抑郁症药物也无须做太多调整。可半年后的一个回访，柯先生却没有如期而至。我打了他家里的电话也无人应答。我这边正琢磨是怎么回事呢，几天后，柯先生的儿子杰西就回复了我的留言。杰西说他的父亲因为胃肠道炎症多日，被紧急送到了医院急诊室。由于病情不太稳定，他被转入病房，正在接受住院治疗。

一个月后，柯先生一家人来到了诊所。从外表和行为上看，柯先生并没有什么异常之处。倒是他的儿子杰西带来了一大堆复印的住院诊疗记录，包括急诊室治疗记录、入院病史体检、每日治疗经过、精神科会诊记录，以及转出院记录和精神科入院及出院记录。我仔细问了一遍，慢慢理顺了头绪。原来柯先生入院时，除了患胃肠道炎症十多日外，已经出现了幻听、幻视的精神症状。入院次日晚，他的精神症状显著加重，但这一切并没有引起值班医护人员的特别重视，医护人员没有给他提供任何特别看护。

午夜时分，柯先生身体里的小宇宙爆发，他双睛暴赤，目不识人，宛如变了一个人。零时过后，柯先生化身柯大侠从床上一跃而起，扯断输液管，踢翻了治疗车。当时，他觉得眼前老毒物欧阳锋正在榻上高卧，一个蛇杖倚在床头，杖上有数个蛇头舞动着，蛇嘴里毒信伸缩，毒涎四溅。老毒物面目狰狞，恶语诅咒。转眼间，欧阳锋挥舞毒杖，纵身扑来。这边柯大侠临危不惧，大喝一声，震动了整个病区。但见柯大侠使出了当年江南七侠在嘉兴烟雨楼恶斗道长丘处机的豪气，他奋身大步向前，揪住老毒物，舞动武松打虎的铁拳，死命抵挡老毒物的蛇杖毒信。无奈挣扎间，老毒物唤来侄子欧阳克和他手下的妖姬，众人一拥而上，把柯大侠周身抱定，用白驼山的玉带将柯大侠捆在床上。一妖姬手持琉璃管，从蛇口中抽取一管毒涎，一下扎进柯大侠的右臂。柯大侠受制，大叫一声，此时纵有杀敌之心，奈何无杀敌之力。三言两语间，柯大侠便昏昏睡去。

这边，病房里彻底炸了锅，护理人员呼医生，喊警卫，通知双方患者家属，安排会诊，收拾残局。一众人马，惊魂未定，整夜未眠。

柯先生一家人愁容满面，听柯太太说，她先生犯病时误打的那个同病房的患者是个80来岁的老人家，因为心脏有问题入院治疗。那位老人被打后，其家属愤愤不平，立马找了律师，一张诉状交到法院，控告柯先生伤害罪和医院过失罪。柯太太慌了神，连忙找儿子杰西商量。杰西本人就是在这个医院系统工作，也是个护士。他觉得自己父亲是在住院期间出的事故，就是因为不稳定的基础疾病和伴发的精神症状才住的院，后来出现了躁动、幻觉和妄想，导致他的行为异常。这些问题统统发生在医院，应该属于医护人员治疗护理失职，医院应该对患者不可控制的紊乱行为负完全责任。柯先生一家无奈应诉，经朋友推荐，请了一位华裔女律师艾莎。艾莎律师和柯先生一家人详细地讨论了整个事发经过后，她十分有信心打赢这场诉讼官司。按照艾莎律师的建议，杰西希望我给她父亲写一份综合医疗评估报告，从医学角度解释柯先生的疾病行为，并作精神状态评估。

杰西来诊所前已经做了许多准备，拿到了柯先生所有的治疗资料。据他说，他父亲入院的时候，已经出现了幻视和妄想，病志上都有记录，他的收治医生对此却未采取任何预防措施。柯先生在病房出现躁动和行为问题后，他的医生才意识到患者有谵妄发作，并迅速采取了必要的治疗，除了注射镇静剂外，又对患者使用了床上软固定。精神科医生也被请来会诊，柯先生很快就被转入精神病院继续治疗。随着他的基础疾病的改善，柯先生的精神症状逐渐消失。总之，谵妄发生后的一切治疗和善后都做得十分符合规范。一周后，柯先生也康复出院了。

这是一个看上去非常经典的、不稳定的基础疾病导致患者谵妄（又称急性脑综合征）发作的病例。问题显然出在他的收治医生在治疗上的疏忽，医生对谵妄患者没有采取任何预防治疗措施。从精神科医生的角度考虑，患者在已收入院治疗的情况下，如果医护人员的医疗疏失导致患者病情失控，责任当然不在患者。很明显，这家医院的医疗和护理人员对谵妄的处理，缺乏必要的经验和训练。

当谵妄的患者突然变得意识不清、认识混乱、记忆颠倒、胡言乱语时，就像一个醉酒的疯子，可对他人进行无差别、无预警的攻击。不同的是，过度饮酒是个人有意识的主动行为，明知醉酒会导致事故和伤人，但仍然自行其是，饮酒者当然应该承担法律责任。可谵妄的患者缺乏意识和自我控制能力。柯先生被送急诊后，医生已经意识到患者症状的严重性，将其收入医院治疗了。可是主管医生对谵妄危害的忽视或经验缺乏，以及护理人员的看护不周，导致柯先生伤及他人，也伤了自己。所发生的一切问题完全不是一位患有谵妄症状的患者能够左右的。总之，医护人员对事故的发生有着不可推卸的责任，这种例子临床上也屡见不鲜。

我与柯先生和他的家人分享了我的看法，同意帮他准备这份精神医学评估报告。根据我以往的经验，我不认为柯先生应该为这次事故负责任。受伤的那位老先生和他的律师应该起诉这家医院医疗忽视，而不是怪罪一个在谵妄状态下失智的患者。柯先生一家人反复拜托我，我也非常愿意帮助这位多年的老患者。我留下柯先生的所有治疗记录，接下来一周，每晚分析他的化验检查报告、所有经治医生的治疗日志、用药细节和治疗情况。我的腹稿尚未出台，胸中已有成竹。一周后，我如期把一份精心撰写的综合病例评估报告交给了柯先生的儿子，并请他转送给艾莎律师。

几周后，诊所经理告诉我，柯先生的委托律师打来了电话，要和我讨论患者的治疗情况。我按对方所留号码拨电话回去，找到了艾莎律师。寒暄几句后，女律师说她和对方律师商谈无果，对方坚持要控告柯先生的伤害罪。艾莎觉得我应该在报告中多写柯先生有多年抑郁症的问题，他在医院发生的攻击行为是因为其抑郁症发作所致，患者现在积极配合抑郁症的治疗，已经认识到打人错误云云。艾莎律师这番言辞完全出乎我的意料，我问她是不是打算让柯先生完全认罪结案了事，她回答说："是！对方律师团队咄咄逼人，法官庭审时有附和对方的倾向。"

艾莎律师认罪认罚的建议让柯先生及其家人非常失望。经过反复考虑，柯先生的儿子杰西辞掉了艾莎律师。他找到了西海岸非常知名的华裔刑事律师黄律师。杰西告诉我，他在律师事务所和律师讨论案情时，律师说要约医生见面详谈。黄律师办案无数，仗义执言，积极为华人发声，是一位声誉卓著、口碑极好的华人律师。我和他也认识多年，过去也有几个案子一起合作过。

黄律师办事精干，雷厉风行。他的律师事务所主任很快安排双方在希尔顿酒店会面。在过去两年，因为疫情的影响，我与黄律师也好久不见了。这次重逢，双方交谈甚欢。黄律师完全同意我对整个案子的分析，但却意味又深长地谈了许多法律界的趣闻故事。他笑着说道："你知不知道几乎所有的法官、检察官和律师私下里都是好朋友？尽管有时在庭上双方互有攻防，针锋相对，但只要没有特别出格，或容易导致舆论哗然的判决，一切都是妥协的结果。有经济实力的被告人可以由律师向法庭提出陪审团裁决，但如何选择陪审员又是影响判决的关键。"

我指出了医院治疗疏失这一问题，黄律师回答道："医院若被证明治疗有疏失，赔偿金至多 25 万美元。除去打官司的成本和请律师的费用，患者实际能拿到手的赔偿是非常有限的。"他又强调了一下，"柯先生涉及的这家连锁医院的老板背景深厚，人脉极广。连西海岸主流媒体最有影响力的某某时报都被他买了下来，"他笑道，"我和他也是许多年的老朋友。"

综合了黄律师的建议，我重新修改了整个评估报告，增加了目前患者的治疗进展和将来的治疗计划，而删减了对病情发生发展的一些主观评判。在修改的报告里，我重点强调了医护人员对谵妄病人护理的主要失误。

第一，没有将谵妄病人安置于单间病房；第二，没有将谵妄病人置于软限制措施下；第三，对不稳定的谵妄病人，没有按照规定，采取一对一特别护理。黄律师对修改后的报告表示满意。然而，我对这个案子能得到理想公正处理的期望值越高，心里的焦虑反而越多。尤其是频频听到起诉方律师咄咄逼人的气势和法官的暧昧回应，我心里一直很担忧。我告诉黄律师，如果有必要，我愿意以专业人士的身份出庭作证。这种临床纠纷通常会要求专业人士提供职业观点。但黄律师说，凡是估计获刑不足半年的案例，法官不会选择陪审团做有罪无罪的判决。

之后几个月，不断收到的庭审消息是令人沮丧的。辩方律师进行了数轮交涉，未能争取控方律师对柯先生的撤诉。法官支持了控方律师的要求，认定柯先生有罪。在不能扭转整个案情判决的前提下，黄律师建议选择认罪和解，即以认轻罪的方式，换取轻微的刑事判决。柯先生和他的家人认为认罪实在太冤枉了，一开始并不同意这样的办法。黄律师具体分析了案情可能的走向，还是建议柯先生妥协结案比较好。他指出，柯先生谵妄时所伤及的那位老病人已经80多岁了，患有严重的心脏疾病。如果不迅速结案，受伤害的老人家如出现意外死亡，对方的家属则会变本加厉地纠缠下去。更现实的是，这件案子已经经手了两位律师，律师和法庭的费用已经让柯先生的儿子不堪重负。换句话说，柯先生一家根本没有钱去继续进行无罪辩护和申诉了。

感恩节之前的那个星期五，柯先生和太太回到了诊所。柯太太说，经过黄律师劝说，柯先生最后同意接受认罪处罚。柯先生一次性给对方赔偿了数千美元的伤害费用。法官判柯先生免入狱，缓刑两年。柯先生每月必须向缓刑官报到，接受监督，他也必须完成法庭要求的社会服务。当柯太太向我逐一谈到这些判决条文时，柯先生表情平淡，眉眼间没有一丝波澜，"算了吧，认命了。我已经花费了孩子那么多钱，他也负担不起继续打官司的费用了。"柯先生离开诊所的时候，我看着他拄着拐杖的细高佝偻的背影，一种无奈的伤感萦绕我心头，久久拂之不去。

老朋友黄律师派人送来了一瓶葡萄酒，上面附了一张卡片，卡片上没有抬头和落款，只有简单的一句话："妥协，有时候会是最好的结果。"

第 12 章 无法挽回的错误

世界上每个国家都有自己的美酒。堂堂中华文明古国，美食从来不落人后。是谁最先酿出美酒的呢？有人说是杜康，有人说是仪狄。这两个人都是夏朝人。仪狄造酒的故事出自《战国策·魏策》："昔者帝女令仪狄作酒而美，进之禹。禹饮而甘之，遂疏仪狄，绝旨酒，曰：'后世必有以酒亡其国者。'"杜康造酒的故事源自《史记》，世本内有"酿酒始祖"。《说文解字》说得更加详细："杜康始作秫（shú）酒，又名少康，夏朝国君，道家名人。"

夏朝没有文字记载，仪狄应该是比杜康造酒更早一点。传说，杜康是夏朝的第五位国君，他的名气和权力要比仪狄大得多。名人效应在哪个时代都很重要，所以后世便将杜康尊为酒神，制酒业则奉杜康为祖师爷。杜康有个儿子叫黑塔，大概是酿酒时，火候没掌握好，把酒酿酸了，又舍不得倒掉，就将就着喝了。酸酒的名字不好听，要改名字，就改成了醋。所以，黑塔摇身一变，就成了造醋的祖师爷。

酒酿出来，自然要有消费者，否则光投入无产出，不赚钱的买卖肯定不长久。酒这玩意，少喝怡情，多喝上头。男人们喝多了，小者牛皮哄哄，如《红楼梦》里的焦大，多灌了几口黄汤便胡言乱语，口无遮拦，最后被捆了起来，嘴里还塞进了几块马粪。曹孟德醉罢，写一阙《短歌行》，彰显了其宽广胸襟，远大志向。"对酒当歌，人生几何！譬如朝露，去日苦多。慨当以慷，忧思难忘。何以解忧？唯有杜康。""月明星稀，乌鹊南飞。绕树三匝，何枝可依？山不厌高，海不厌深。周公吐哺，天下归心。"曹孟德这种极品男人的牛气，早就冲破了九天。

不光男人爱喝酒，女人也多有好这一口的。女子喝得雅致又极有情趣者，当如史湘云行酒令，"湘云吃了酒，拣了一块鸭肉呷口，忽见碗内有半个鸭头，遂拣了出来吃脑子。众人催她：'别只顾吃，到底快说了。'湘云便用箸子举着说道：'这鸭头不是那丫头，头上那讨桂花油。'"饮酒豪爽者，当属山东大嫚李清照，"昨夜风疏雨骤，浓睡不消残酒。"又有词云："常记溪亭日暮，沉醉不知归路。兴尽晚回舟，误入藕花深处。争渡，争渡，惊起一滩鸥鹭。"才女大俗中有大雅，这酒喝得还没上头。

酒若喝上头，喝高了，摆脱不了了，也就成了瘾。世界日新月异，自然界千奇百怪，能让人成瘾的东西可比酒精多了去了。温热带的大麻，中东的洽特草，美丽的罂粟花，南美洲的古柯叶，华佗麻沸散中的曼陀罗，雅利安人嗜食的致幻毒蘑菇，就连人人都喜爱的可可、咖啡和茶，里面都有咖啡因，喝多了一样上瘾。

精神病学有不同专科，成瘾精神病学这一专科是专门治疗和帮助各类瘾君子的。治疗酒精和药物成瘾是精神科医生的日常工作。酒精和药物成瘾是一种影响人的大脑和行为的疾病，这些患者无法控制那些合法的或非法的药物使用。

酒精及药物成瘾的风险和速度因药物种类不同而不同。如阿片类止痛药物比其他药物风险更大，也更容易成瘾。随着用药时间的延长，使用者可能需要更大的剂量才能获得兴奋感。由于药物使用量不断增加，使用者可能会发现越来越难以摆脱这些药物了。当他们试图停止使用药物时，他们的心理上会对药物产生极其强烈的渴望，并出现各种身体不适的戒断症状。

酒精和药品成瘾多发生于青少年阶段。临床上那些滥用的非处方药品以及各种方法提炼的化学致瘾物质，统称为毒品。酒精药品成瘾与家庭、环境、教育和遗传诸多因素相关，通常当青少年出现以下迹象，则表明他们可能开始或者已经接触了毒品。这些现象包括学业出现问题，经常缺课或缺勤，突然对学校活动或工作不感兴趣了，或者成绩表现下降；健康出现问题，缺乏精力和动力，体重减轻或增加，或者眼睛发红；不在乎外表穿戴，对衣着打扮或外表缺乏兴趣；或者行为发生改变，极力阻止家人进入其房间或对其与朋友的去向讳莫如深；自身行为以及与家人和朋友的关系发生了巨大的变化；金钱方面出现问题，在没有合理解释的情况下突然索要金钱；家里发现钱或者物品不见了，这可能表明他们偷拿了钱或者卖了东西去购买毒品了。

为什么临床上所见吸毒人群都相对比较年轻呢？通常吸毒者都是短寿的，吸毒致死原因有多种，长期吸毒且不接受戒断治疗，必然会导致死亡更早来临。吸毒者平均死亡年龄为 36 岁，一般寿命不超过 40 岁。四分之一吸毒成瘾者会在开始吸毒后十到二十年后死亡。吸毒人群的死亡率是一般人群的 15 倍。

十多年前，有位华裔单亲妈妈领着她 17 岁的儿子小杰来诊所治疗。这位妈妈坦承她的前夫对她和孩子长期有家暴问题。在孩子 7 岁的时候，他们夫妻分手，她独自抚养孩子。为了谋生，她平时忙于工作，对儿子疏于管教。小杰从小就有行为方面的问题，自十三四岁起，便和学校里许多有问题的学生混在一起酗酒吸毒。小杰妈妈带他看过不少精神科医生和心理治疗师。可是，小杰涉毒太深，不配合治疗，他的精神状况越来越差。

小杰是个高中男生，身高一米八，但他的身体非常消瘦，颧骨凸起，神情倦怠，看人时目光有些回避，说话也有气无力。但他的态度还是配合的，对我的问话基本上是有问有答。小杰自述焦虑易怒，失眠疲倦。他承认他的精神症状已经非常严重，每天都出现幻听，能够听到许多声音和他说话，他也会自言自语。小杰的幻视也存在了很久，他经常看得见人影和光环。小杰总是恐惧被别人追踪加害。他妈妈在一旁插话道，小杰因为怀疑被人盯梢，走路总是习惯一步三回头。由于酗酒吸毒的影响，小杰的学习成绩一落千丈，现在他也不愿意去学校上课。小杰妈妈又补充道，她对儿子的行为几乎忍无可忍。小杰把家里所有值钱的东西都拿出去偷偷卖掉了。她的居所过去漂亮整洁，像模像样；现在倒好，家徒四壁，一无所有。

我仔细地询问了小杰他使用的毒品种类、用量和频率，在这方面，他倒是一点也不遮掩，坦白地告诉我他经常混用酒精和其他两种毒品。从前一周用一次，现在基本上一周约用三次。他不觉得以前的药物治疗和心理辅导对他有任何帮助，现在他也不愿意服药治疗。小杰反复强调，当他吸食毒品后，他感觉自己的注意力有明显改善，学习起来会更容易些。小杰觉得自己没有多大问题，对我提出的戒毒治疗建议不置可否。

像小杰这样对酒精毒品危害缺乏认知的青少年，普通的门诊治疗是起不了多少作用的。小杰妈妈不住地唉声叹气，她说过去这几年，她该防的防，该堵的堵，想尽办法限制儿子和那群毒友接触。她每天把药送到小杰的嘴边，可小杰总是当面把药吞进去，转身就能有办法把药吐出来。小杰妈妈实在没办法控制他的酒精和毒品滥用了。她恨恨地说："只要我儿子能戒毒成功，我宁愿他坐牢。"

"若真想防止他继续酗酒吸毒，还有一个办法可以试一试！"我告诉小杰妈妈，"你可以把他送到戒毒所，进行封闭式治疗。"

"只要能帮助到我的儿子，我不怕倾家荡产。"小杰妈妈似乎看到了一丝希望，眼里也放出光彩来。

我告诉小杰妈妈，即使进入戒毒所，接受了封闭式治疗，也不能绝对保证他能完全摆脱毒品。通常，戒毒所治疗是自愿且自费的，除非是受法律制裁被强制戒毒，保险公司一般不会承担其治疗费用。其次，如果患者本人不愿意，他们能够随时要求离开戒毒所。最后一点，大约一半吸毒者在完成戒毒所治疗后的一年之内会复吸，导致治疗失败，前功尽弃。

小杰妈妈想了想，觉得目前除了关儿子禁闭，她找不出任何有效的方法让小杰摆脱酒精和毒品了。她立马让儿子做出决定，如果小杰不接受进戒毒所治疗，她就不会让他踏进家门。小杰妈妈说，这几年她已经受够了小杰的折磨。若他不想过正常人的生活，她宁愿让他变成无家可归者。

出乎意料的是，小杰居然点头表示愿意去戒毒所接受治疗。他妈妈喜出望外，按照我的建议，选择了一家评级和服务都相当不错的戒毒所，很快就让小杰进去接受治疗。我没有问她每月具体的治疗费用，只是听她说，对方给小杰做了全面的精神心理评估，让他先接受为期三个月的治疗，具体治疗包括药物治疗、个人心理辅导和小组心理辅导。如果三个月后，小杰的毒品成瘾性未能得到全面控制，他的治疗可自动再延续三个月。

小杰去的那家戒毒所规模较大，有自己的精神科医生。小杰妈妈基本每月和我联系一次。据她说，她的儿子在戒毒所里面表现良好，服从治疗，有不小的进步。三个月后，他的情绪基本稳定，精神症状得到了控制。但小杰报告说他内心对使用酒精和毒品的渴望并没有显著减少，毒品导致的焦虑对他的睡眠常有影响。戒毒所征得他妈妈的同意，将小杰的治疗又延长了三个月。

经过整整六个月的戒毒治疗，小杰的精神和身体几乎完全康复。他重新回到了高中，完成了最后一年的学业。戒毒成功后的小杰学习努力，成绩很快赶了上来。虽然小杰比他的同班同学晚了一年才高中毕业，但他成功地进入了一所加州大学，他的学业表现让人刮目相看。

小杰成功戒毒的故事让我宽慰了很长一段时间。后来，小杰离开了洛杉矶，去了另外一个城市读大学。我建议他如有需要，要去随访学校的心理医生。

两年后的一天，前台的工作人员告诉我小杰的妈妈来到诊所，要求见我。我心里有些疑虑，通常小杰妈妈有事情，都会提前预约。

小杰妈妈一身缟素，面容憔悴疲倦。她显得很悲伤，但没有流泪，说话相对平静。她说两个月前，她收到学校和当地警局的电话，小杰被发现死在他和同学共租的校外公寓里。经警察现场检查，发现小杰的房间内有几种毒品。尸检结果也显示，小杰的血液里有高浓度酒精含量以及安非他命代谢物质的存在。警方给的结论是，小杰死于酗酒和过量吸食毒品导致的意外。

小杰妈妈有些茫然，她不清楚自己的孩子什么时候毒瘾又复发了？她原本以为，小杰已经回归了正常生活，完全能把握住自己的人生。现在她不住自责,怪自己的想法过于天真。小杰妈妈诚恳地感谢我过去给予小杰的治疗和帮助。她说在过去这两年,作为一个母亲,她拥有了亲子间的幸福和快乐,这样的记忆会陪伴她一生,她万分珍惜她们母子之间的这段缘分。小杰妈妈抬起头,望着窗外,轻声地说道:"一切都是命中注定的,他有这个坎,他没能跨过去。"

小杰的意外死亡让我心情沉重。实际上,这样的青少年和成人酗酒吸毒所致死亡的案例不时发生。每当医院和诊所的同仁们对这些病案做寻根调查时,都会忍不住惋惜叹气。生命多么美好,而美好生命的消逝可能只是一瞬间的事情。

在这些酗酒和毒品滥用者中,小杰的死亡属于吸毒过量导致的意外。还有其他种种原因所致的死亡其实是完全可以避免的。

几年前,我在另一家诊所遇见一位西裔的年轻人凯瑞。他看上去有些拘谨,说话时还会脸红,他的父亲陪他一起来看诊。凯瑞的病情不复杂,就是酗酒导致的情绪障碍。他因为喝酒喝得太兴奋了,在家里大吵大闹,邻居打电话报了警。警察给他戴上手铐,送到了急诊室。当时凯瑞出现了明显的幻听、幻视和躁动的症状,他被收治入院三天,刚刚出院回家。

凯瑞的父亲没有隐瞒他家族的酒精滥用史。他自己过去也酗酒,不过戒了有 20 年了。他说他家族的酒精滥用史,从凯瑞这代人往上追溯,至少有五代。他因为酒驾,出了几回严重的车祸，被逮捕入狱数年。他也因祸得福，在狱中彻底把酒戒了。他自述几个子女都有酗酒问题。凯瑞有工作，平时不喝酒，只是周末的时候喝，但他一喝就控制不住自己，常常喝得酩酊大醉。

新患者问诊，要面面俱到，时间比较长，凯瑞非常配合。他是个很害羞的人，话不多。他自述自己有明显的焦虑症，开始时喝点酒只是为了改善症状，后来慢慢越喝越多。凯瑞有全职工作，在仓库里面开叉车。上班时间单位是绝对不允许司机喝酒的，否则会立马开除。凯瑞很喜欢这份工作，周一到周五滴酒不沾。他工作勤快，收入不错。

凯瑞饮酒的习惯属于重度间歇性饮酒，俗称暴饮。这是一种在某些国家和地区流行的饮酒方式，男性中比较常见，在青少年或年轻人群聚时发生得更多。然而，在不同文化之内，以及不同文化之间，这类暴饮醉酒的程度会有所不同。暴饮会持续数小时、数天，甚至数周。由于酒精滥用会导致对身体和精神长期的不良影响，暴饮已经成为当今重要的社会和公共卫生问题。

我告诉凯瑞，频繁的暴饮与普通长期的酗酒相比，会更快、更严重地导致脑损伤。因为暴饮后，大量的谷氨酸会被释放，能够过度刺激大脑，产生神经毒性的结果。这类兴奋性中毒会损害或杀死脑神经细胞。每次暴饮都会立即刺激损伤大脑；重复暴饮的刺激可导致伤害累积。青少年的大脑尚在不断发育过程中，也特别容易受到暴饮所致神经毒性的影响，能够造成神经系统不可逆的损害。

凯瑞是聪明人，明白我讲的这番道理，他表示愿意戒酒并接受治疗。然而，凯瑞又提到了自己的顾虑，他有几个经常一起玩的朋友，周末时大家常常聚会喝酒。他若不合群，可能会失去他的朋友们。他担心来自小伙伴们的压力，担心自己会被大家取笑看不起。我鼓励凯瑞和他的心理治疗师讨论一下他的这些顾虑，学习社交技巧，学会应付人际关系的矛盾冲突。凯瑞点着头，下定决心努力一把。

现在回想起我和凯瑞的这段治疗经历，心中总有特别的感慨。凯瑞是个积极向上、知道自己的不足且听得进去别人的意见、愿意认真改正的年轻人。只不过，人生无常，凯瑞因为他人生中一个小小的失误，失去了自己宝贵的生命。

悲剧的发生往往出人意料。已经戒酒半年的凯瑞，经不住小伙伴们的挤兑，几杯烈酒下肚，犯下了他人生中无法挽回的错误。

又是个周末的晚上，凯瑞的朋友们又聚在一起吃吃喝喝。朋友们左邀右请，硬是拉上了他。凯瑞起初拒绝喝酒，后来被逼无奈，举起了酒杯。只不过，这口酒下去，过去数个月治疗的努力被统统丢到了脑后。几杯过后，凯瑞身体里被药物控制住的酒瘾一下子直窜脑门。他不喝则已，一喝惊人。酒壮英雄胆，恶向胆边生。喝高了的凯瑞，故态复萌。只见他大呼小叫，骂东喝西，完全失去了往日彬彬有礼的模样。

正在凯瑞他们喧哗吵闹间，不知是他的哪位邻居实在无法忍受这种胡闹，又给警局打去了电话，举报凯瑞和他的朋友太吵闹，搅扰了四邻。两辆警车疾驰过来，围住了凯瑞和他的朋友们。凯瑞上次被警察铐过一回，有过非常不舒服的经验，他害怕被再次押到警局。警察反复命令他站着别动，他就是不听。凯瑞是彻底昏了头，一下跳进了他的皮卡，启动发动机，想要驾车离开现场。这般惊人的操作非同小可，数位警察迅速拔出佩枪，竭力喝止凯瑞停车。警察们可能认为凯瑞有开车撞人袭警的企图，在凯瑞开动皮卡的一刹那，两位警察扣动了扳机。十数发子弹射向驾驶室，凯瑞血溅当场，死于非命。

这一场朋友们的平常周末聚会，以十分伤痛的悲剧形式收场。事后警方做了详细调查，认为现场警察处置得当，警察开枪前也反复警告过他。为了防止凯瑞可能出现的酒驾冲撞伤及其他无辜生命，警察开枪合规，并无过度使用枪械火力。凯瑞若能服从警察命令，他的横死原可避免。

这些年来，我在临床上治疗过许多滥用酒精或毒品的患者。我没有准确地进行统计，但这么多年下来，至少有几十位年轻人或青少年直接或间接死于酒精或毒品过量。每每想起，实在为这些逝去的年轻生命深感悲哀，大好的青春年华毁于酒毒这个无情杀手。可怜他们的父母白发人送黑发人，人间至痛。

作为一个华裔精神科医生，我观察到另外一个现象。就是在许多新移民中，酗酒和吸毒的患者越来越常见。很多国内富裕的父母把他们年纪尚幼的子女送到美国读高中、初中，甚至是小学。这些中小学留学生们长期缺乏父母的关爱和教育管束，性格容易出现偏差。父母可能觉得情感不到位，就在金钱上多补偿。有钱又有闲，这些孩子很容易过早涉及情色，嗜好酒精毒品，已有泛滥之势。

另外，有一组特别的人群，就是国内各大名校出来的那些高精尖科技人才。很多人都不太相信这些高素质的科技人才也会有酒精毒品滥用的问题。其实，在功名利禄的考试教育培养下，许多学霸都生活在象牙塔中，对外面世界的复杂性知之甚少，对外面世界的许多诱惑缺乏免疫力。临床上，前来求治者中，不乏有名校的教授、硅谷的高管、大公司的工程师，还有成功的企业主。因为酒精和毒品成瘾的困扰，不少人毁坏了前程，败掉了家业，令人扼腕叹息。

每年的三月，春天来了，万物复苏，南加州的罂粟花会准时绽放，形成一道奇特的美丽风景线。罂粟花绚烂的花海让人陶醉沉迷，殊不知，这美丽的背后可能深藏着陷阱。往昔芙蓉花，今日断肠草。希望所有的年轻人都能保持清醒，远离诱惑，珍惜生命。

第 13 章
幸不幸福，谁做主

唐代有位著名的女诗人李冶,字季兰,是一名修行的女道士,浙江乌程人。乌程今为湖州吴兴。据说李季兰自幼便才情横溢,她六岁那一年,咏了一首蔷薇诗,"经时未架却,心绪乱纵横"。李父见之不喜,认为女儿长大势必有失妇德。李季兰11岁就被父母送到玉真观出家,长大后貌美倾城。她生性浪漫,专心翰墨,颇善音律,精通诗文。她与当时的名流陆羽、释皎然、刘长卿等人多有交往,情意相投。

相传陆羽非常爱慕李季兰,当年他和诗僧释皎然同住在湖州妙喜寺,与李季兰所居玉真观相隔不远,三人多有诗酒茶文往来。陆羽相貌平庸,不入美女道士法眼。陆羽痴心追求,并在李季兰病时殷勤照顾。为感陆羽情义,李季兰谢作《湖上卧病喜陆鸿渐至》一诗相赠。诗云:"昔去繁霜月,今来苦雾时。相逢仍卧病,欲语泪先垂。强劝陶家酒,还吟谢客诗。偶然成一醉,此外更何之。"多年后,李季兰不幸死于非命。陆羽悲痛不已,留下一首《会稽东小山》怀念昔日恋人,"月色寒潮入剡(shàn)溪,青猿叫断绿林西。昔人已逐东流去,空见年年江草齐。"

李季兰当年真心喜爱的人是陆羽的朋友释皎然。释皎然在文学、佛学、茶学等方面都有很高的造诣。女道士对他十分倾心，特赠《相思怨》，表达自己的爱慕，"人道海水深，不抵相思半。海水尚有涯，相思渺无畔。携琴上高楼，楼虚月华满。弹著相思曲，弦肠一时断。"然而，释皎然是个得道高僧，虽然风度翩翩，才华横溢，但沉浸佛法，六根清静，不为世俗儿女情长所迷。四大皆空的释皎然写了首《答李季兰》，婉拒情爱，"天女来相试，将花欲染衣。禅心竟不起，还捧旧花归。"

世间免不了儿女情长，李季兰交往名士众多，却没能寻得一段终身厮守的爱情。青春已逝的她大彻大悟后，以一首《八至》看透情爱，道尽内心无限酸楚。"至近至远东西，至深至浅清溪。至高至明日月，至亲至疏夫妻。"这首诗写尽了爱恨缠绵和离合感慨。诗中表述的道理至浅至真、至情至理，深深透着饱经人事、历尽沧桑的感觉。夫妻间爱则誓同生死，恨则不共戴天。

这么多年的临床工作中，我看到了太多夫妻的分散团聚、悲欢离合。有天各一方，配偶无法团聚；有阴阳永隔，爱侣悲痛欲绝；有鸾凤纷飞，情人不合离散；有风流云雨，暂做露水夫妻；有生离死别，被迫劳燕分飞；有夫妻反目，老死不相往来。更有奇葩怨侣，夫妻相厌相恨，却纠缠一起，不离不分。

多年前在一次朋友聚会时，我遇见了一位肤白貌美的女士，谈吐举止优雅得体。她貌似三十来岁，后经朋友介绍认识，得知她叫贾诗敏，是三个孩子的妈妈，大儿子已经上了大学。贾诗敏的先生刚巧从中国大陆过来探亲，和我客套寒暄了一番。一聊才知，他和我都在日本留过学，而且居然在同一个城市的同一个地方住过。贾诗敏先生自我介绍，他回国后，从事国际贸易，十几年下来，公司做大了。后来，他在美国置下产业，把太太儿女统统移民过来。因为家境富裕，贾诗敏在美国无须工作，主要任务就是照顾孩子们读书。贾诗敏先生的生意主要在国内，他有美国绿卡，每年横跨太平洋，探亲度假。

像贾诗敏夫妻这样的国内移民家庭我见过许多，夫妻长期分离，每年几度鹊桥相会的姻缘多多少少都存在一些问题。丈夫丈夫，一丈之内才是夫。事业成功有本事的男人，身边即使有贤妻陪伴，也会有别的异性惦记。好男人尚且如此，那些有钱有闲的花心男人可想而知。无论是妻子，还是情人，即便你含辛茹苦，在国外把孩子抚养成人，往往国内当家男人的身边已是佳丽环绕。好多将妻儿养在外国的男人，待孩子长大后，往往会一纸休书，便让糟糠之妻下堂，断了其下半辈子白头偕老的念头。

在美国的移民中，存在着一种特殊的男女同居形式。这种临时男女同居或有不同称谓，但都指那些已婚男女移民来到异域后，因为感情、心理和性方面的需求，出轨新结识的异性。这些人大多经济收入平常，两个人搭伙过日子，图的是省钱省事。一旦双方或一方的原配来到美国，他们就会理智分手，而不会过度纠缠，男女双方会重回各自婚姻的正式轨道。

有钱人或富豪们的太太，或拘于身份的敏感，或拘于儿女们的羁绊，一般不会也不愿意公开地红杏出墙。只是鸿雁难渡，即使她们顾及婚姻承诺，怎奈也难抵夫妻聚少离多。每天的越洋电话、微信视频也难以消减她们身心的需求。内心的孤独寂寞、情感的渴望思念，往往会使得她们突破情感底线。

华人圈子虽小，但八卦消息却多，后来听有人说贾诗敏遇到了麻烦。具体消息当然毫不令人惊奇，贾诗敏的老公在国内阅尽人间春色，新欢艳遇不断，后来终于有了一个让他特别心仪的小女子。这位小女子虽然刚刚大学毕业不久，却为情郎生下了儿子。经不住小女子的枕边纠缠，贾诗敏老公决定迎娶小美人。他以贾诗敏私生活不检点为由，正式向她提出了离婚。

贾诗敏十数年在美国苦苦煎熬，费力劳神，终于将三个儿女培养成才，送入名校，她自觉对这个家没有功劳，也有苦劳。这些年来，老公在国内的那些风流韵事，也让她伤心至极。她看过心理治疗师，也请求过牧师开导，祈求神的怜悯。这边贾诗敏辛辛苦苦照顾培养孩子，她丈夫却一直新欢不断，后来他一年都不来美国一次。贾诗敏想回国，她老公却不同意，理由是需要她照顾孩子和美国的家业。至于她私生活不检点一事，朋友圈里偶有耳闻。贾诗敏虽然徐娘半老，但天生丽质，未吃劳作之苦，又不经风霜雪雨，多年来肌肤精心保养，衣着得体且有品位。她的身边不乏公开追求者，可这种事情只是风闻，却全无实据。

有一天，我突然接到贾诗敏的电话。电话那头，她自我介绍，问我还记不记得她们一家。她说她是从一个朋友处找到我的电话号码的。她告诉我她已经离婚好几年了，但没有提起她先生要求离婚的事。她只是说她和前夫感情不和，聚少离多，多年来缺乏正常的家庭生活。她特地解释是她主动要求与前夫离婚的，双方协商后达成了和平分手协议，财产的分割也未让律师经手。贾诗敏告诉我她已再婚。最近，她和她的现任丈夫之间的关系出现了一些问题，想来和我咨询一下。实际上，她已经和我的诊所约好了门诊时间，打电话来只是想提醒我，大家是从前熟悉的朋友。

两周后，贾诗敏如约而至。虽说她看起装扮十分精致，肌肤白细，秀发飘逸，但面容多少有些憔悴。毕竟岁月不饶人，她的年纪已经50有余。贾诗敏毕竟见过世面，和我谈话开门见山，也不藏着掖着。她有些羞涩地说后嫁的老公比她小了一轮，40岁刚出头。两人结婚虽晚，但已是男女朋友多年。两人没有孩子，她岁数大了，不愿意再孕。老公对她很好，体贴呵护，无微不至。只是，自从她过了更年期以后，身体和精力大不如从前，夫妻间的性生活渐渐不太和谐了。虽然她的老公没有抱怨过什么，但她自己却变得焦虑敏感，脾气也越来越不好，动不动就发脾气。她的老公希望她来看医生，看看是不是需要药物治疗。

我初步判断，贾诗敏有轻度抑郁症状。她承认来美国这些年，因为和前夫的关系问题，以前也有过类似的病症，但她从未接受过药物治疗。后来，与她现在的老公认识后，情感上有了许多慰藉，焦躁和愤怒情绪得到了缓解。她补充说，她的现任老公是个宽厚的人,夫妻之间没有其他任何冲突。两个人生活没有经济压力,她老公有自己的工作,也非常顾家。

根据贾诗敏的主述和其他临床症状表现,我基本上判断她患有更年期抑郁症。这一类型的抑郁症,女性发病年龄在更年期45至55岁左右,是因为精神焦虑、紧张、忧郁等因素产生的临床综合征。临床症状主要有焦虑不安、紧张恐惧、情绪低落、悲观失望,以及哭泣自责,严重者或出现主观臆断或猜疑妄想。绝经期女性体内荷尔蒙水平紊乱,雌激素显著减少,导致她们常常发生经期错乱或完全绝经、性欲减退、潮热出汗、心慌气短、怕冷乏力等症状。

听完我的诊断分析,贾诗敏连连点头称是。她同意接受抗抑郁症药物治疗。考虑到老妻少夫的年龄差距,以及今后婚姻生活中可能产生的潜在矛盾,我同时推荐她去看家庭婚姻治疗师,学习应付困难的技巧,增加自我感情的调控和改进配偶间有效交流的方式。贾诗敏听从了我的建议,她答应定期随访她的妇产科医生。如有需要,她会去检测激素水平的变化。

作为患者,贾诗敏懂事且配合,她对婚姻关系改善和积极情绪治疗有很好的认知。她治疗的主观能动性强,积极服从医生的指导原则。综合治疗几个月以后,贾诗敏的抑郁症相关症状完全得到了缓解,公主和王子的爸爸妈妈又继续过上了幸福的生活。

这是一段夫妻年龄差异颇大的婚姻。虽说老妻少夫通常不被人看好，但如果夫妻二人都有心认真经营感情，俩人的爱情就能继续得到维系。我遇到的另外一对老夫少妻，他们的感情故事却截然不同。

姜先生夫妇20多年前从国内移民过来，他们属于典型的第一代移民。姜先生是学电脑硬件出身，来到美国后，所学有限，找不到合适的工作。他一咬牙，全职读了个硕士学位，毕业后在一家美国公司工作，成了软件工程师，年收入超过十万美元。姜太太在国内是高中毕业，后来在社区大学修了些学分，拿了个护士助理执照，在疗养院工作。夫妻俩年收入加起来超过15万美元，在南加州过日子应该是比较轻松的。不过这对夫妻吵吵闹闹20多年，至今还是在租房子住。

我初次遇到姜先生，对他印象特别深刻。姜太太陪着姜先生一起过来，她面色凝重，语速颇快，说她先生有严重的情绪波动，一年间反复多次发作。兴奋时，他睡眠显著减少，高谈阔论，性需求极度高涨；低落时，默不作声，兴趣缺乏，并极易发怒。他们的家庭医生认为姜先生有躁郁症，好几次推荐他来看精神科。可姜先生从来不认为自己有病，这次姜太太苦口婆心，好说歹说，才把他拖过来。

姜先生人高马大，身体壮硕。他黑着个脸，问他话，他待答不理的，不是十分配合。我问了他十来个问题，他多数时候不吭声，都是他太太帮着回答。我注意到，姜先生虽有情绪变化，但他的狂躁期短时不过三四天，长时从未超过一个星期。他没有在精神科住过院。即使是在他情绪兴奋或抑郁阶段，他也能设法维持自己的常规工作。从整体上来看，他的社会功能水平基本正常。根据目前的症状，姜先生的病情符合二型躁郁症的诊断标准。

通过姜太太的抱怨和描述，我还得到另外一些特别的信息。姜先生交友习惯很奇怪，他心情好的时候，别人家的什么活都愿帮着干，跑前跑后，从不厌烦。想去别人家也是直接就去了，从没想过是否要预先和人家说一声。可姜先生维持不了友谊，几乎没有朋友。只要他不开心，可以立马和别人吵架翻脸掀桌子，翻脸比翻书还快。时间一长，所有人都对他敬而远之。

姜先生特别有同情心，看不得别人饥寒困苦，但他也容不得别人咸鱼翻身。过去的熟人或邻居若升了学、买了房、换了新车，他会嫉恨，很久都不搭理对方。国内的亲朋个个过得比他好，可他自觉高人一等，非得拿钱给国内亲友们赈灾济贫。原本他们夫妻俩是工资一起用，后来见他花钱散漫，姜太太不得不和他 AA 制。姜先生过日子从不规划，无论工资多少，每个月都花得分文不剩。每次回国探亲，他都要从信用卡公司借贷，回来后还贷都困难。

见太太当面抱怨他的不是，姜先生有些愤怒。他用眼神狠狠地瞪着他太太，那种阴沉凶狠的目光让人不寒而栗。

我试图说服姜先生接受治疗，建议他服用情绪稳定剂。如果抑郁症状得不到改善，他还可选用抗抑郁症药进行治疗。另外，我含蓄地指出，他可能有未特定性人格障碍特征，建议他考虑心理咨询。姜先生听罢哼了一声，对我的建议不置可否。

接下来的大半年时间里，姜先生断断续续来找我看了一阵，都是在他太太的苦苦恳求下，他才肯过来。他兴奋的时候，能和我谈天说地，海阔天空，思维跳跃。不高兴的时候，他总是坐在我面前默不作声，待答不理，那副冰冷的神情似乎当我是空气一般，完全不存在。姜太太说他根本不服从治疗，吃药全看心情，可他总是没有好心情。

姜先生后来再未露面，他不愿意来诊所了，我和他的短暂治疗也就结束了。后来，姜太太倒是成了我的长期患者，至今还是。

初问姜太太的症状也没什么特别，多年来婚姻和家庭生活的不幸导致她产生了比较严重的焦虑和抑郁症状。姜太太每次来访，总是会滔滔不绝地倾倒心中的苦闷，我从她的絮叨中基本理出了她不幸婚姻的症结所在。

姜太太说，认识她先生那会儿，她刚刚高中毕业不久。一次随家人去朋友家聚会，不知是主人有意安排还是因缘巧合，他的先生也在那里。俩人见面后，姜先生对她大献殷勤，要了她的联系方式。接下来几个月，姜先生对她开展了猛烈的追求。姜太太说，她当年太年轻，对男女情爱朦朦胧胧，但内心非常向往。她很快就陷入了爱河，不顾家人反对，和比她大八岁的姜先生恋爱了。

"我起初不知道他有一段短暂的婚史，交往久了，也未在意他的第一段婚姻为何会失败。后来我才知道，他的前妻就是因为无法忍受他的情绪多变和婚后的家庭冷暴力，坚决提出了离婚。他的前妻是个聪明的女人，她没有孩子牵挂，果断离婚，比我强太多了。"姜太太喃喃地细语。

"和他交往不久后，他申请到了来美国工作的机会。那个年代，能出国留学，是个很大的诱惑。我违背了父母的愿望，刚刚20岁就和他结婚并一起来了美国。现在回想起来，这一切都太过草率了。"

姜太太回述了当年她随夫来美的艰辛。刚来时，他们语言不通，收入很低。姜先生的老板是个美籍华裔，对员工极其苛刻。姜先生国内所学的那些知识基本没有什么用处，老板嫌他缺乏工作效率，成天训斥辱骂他。姜先生无奈之余，决意申请学校读书。在收到入学通知后，也没和她商量，立即把老板给"辞"了。

姜先生去读书，虽然课余也打点工、送送外卖什么的，但家庭的主要负担就落在了太太身上。姜太太提起这些往事，泪水涟涟。她说基本上别人能想到的活她都试过，当保姆带孩子，当家佣照顾老人，许多脏活累活她都干，她从未嫌弃过生活的艰辛。但让她伤心的是，婚前婚后，先生对她的态度宛若两人。过去有趣多情的他完全变了，他几乎不再对她说一句关心温暖的话，而是生怕她闲下来，所以到处托人给她找活干。

姜太太说，后来她生了两个儿子，但怀孕期间什么活都得照做。产后哺乳带孩子，不能去外面做其他的工作了，姜先生便让她在家同时照看几位熟人的小孩子。她谈到这里非常生气，她的先生从不问她累不累，只会告诉她明天谁又送孩子过来。姜太太生了老二后，坚决不肯要第三胎了。那种自己坐月子、奶孩子，同时还要给别人孩子当保姆的生活，她再也不想过了。

好不容易盼到先生毕业，找到了稳定的工作，但姜太太突然发现自己的生活和从前没有任何不同。姜先生经济情况刚有好转，便开始给自己老家亲友扶贫救苦，出手大方且主动，他对自己和妻儿反而过分小气。他自己的钱不够花，便随意挪用太太辛苦打工挣来的钱，而且经常挥霍一空。姜太太和他多次争吵未果，一气之下，便和他在经济上分开，两人的家庭生活开支实行 AA 制。

姜太太哭诉往事，说过去这些年来，她从自己的先生那里几乎得不到任何温暖，也得不到点滴关爱，"我们根本不像正常的夫妻，倒像是性伙伴。他有需要的时候就来找我。如果他情绪抑郁了，根本就不会理睬我。我只知道，当他到了需要我的时候，代表他的抑郁情绪有了改善。"

谈到夫妻关系，姜太太更加愤愤不已。她说先生对她是弃如敝履，可对许多别的女性，不管是有夫之妇，还是单身失侣，时常会有奇怪的性幻想。他能成天厚着脸皮去中意的女人家里，也会邀请喜欢的女人来自己家里住。为这些事情，姜太太大发雷霆地责骂过，苦口婆心地劝说过，也伤心难过地哭闹过。她的努力换来的只是他的鄙视，直到今日，姜太太也想不出自己的先生哪里来的底气鄙视她。

眼见周围认识的人都渐渐置起了家业，自己的先生又这个德行，姜太太无奈，决意找个相对稳定的工作。在朋友们的建议下，她进了社区学院学习，考了护士助理的执照，自己总算经济相对稳定了。

和姜太太多次谈话后，我发现了一个问题。尽管姜太太对自己的先生失望至极，尽管姜先生对她有长期的家庭冷暴力，故意忽视冷落她，但姜太太从来都没有想过要和先生分手或离婚。一次我直接问姜太太，她对自己目前的婚姻有何打算，她只是说能忍就忍，将就着凑合过吧。

姜太太有自己的心理医生赵博士，她接受心理治疗也有几年时间了。赵博士每年会和我讨论一两次姜太太治疗的进展。赵博士也发现了同样的问题，就是尽管姜太太一直哭诉她先生对她的轻视冷落、辱骂羞辱，她为此叫苦连天，但还是想要和他继续过下去。赵博士问我对此有什么看法。

临床上，有一种特殊类型的夫妻关系，尽管夫妻之间存在各种伤害，甚至家庭暴力，但受害一方却希望继续维持婚姻，非常害怕失去婚姻。研究发现，这类婚姻关系中的弱势一方通常患有依赖型人格障碍。这是一种以心理上过分依赖他人为特征的人格缺陷，这种人格障碍的状况是长期存在的。罹患依赖型人格障碍的人，会依赖于他人以满足自己的情感和生理需求。这类人格缺陷患者多存在于那些受教育程度偏低、早婚早育和经济地位相对较低的女性群体中。

后来，由于长期心灵缺乏慰藉，生活没有安全感，姜太太偷偷地谈起了网恋。结果可想而知，骗子们设立的杀猪盘就是专门诱骗像姜太太这类内心孤单、感情空虚、判断力差的良家妇女的。姜太太连网上情郎的真面孔都未见过一面，就傻傻地相信了对方投资虚拟货币发家致富的鬼话。她奉上自己多年积攒的血汗钱，去取悦自己素未谋面的梦中情郎，也做着一夜暴富的春秋大梦。

姜太太亏掉所有本钱后，才意识到自己已经落入了别人的骗局当中。姜太太不愿意也不敢承认被别人欺骗了感情，对外只是说自己投资失败，她也根本不敢和自己先生透露半分半毫自己的荒唐行为。她羞愧交加，追悔莫及，但也只能打掉牙齿往肚子里咽。她一如既往地待在无边的苦海中，幻想着没有希望的明天。

我和她的心理医生没有办法去指明她婚姻的选择，只能尽可能帮她提高认知。希望有那么一天，姜太太能幡然醒悟，重新活出她自己。即使没有别人的肩膀可以依靠，她也能依靠自己，稳稳地站立。

第14章 侠骨柔情最动人

年轻时，受日中医学会笹（xiǎo）川医学奖学金资助，我赴日本东海大学医学院研修神经药理学。旅日期间，我喜欢上了日本文化中的两样东西：一是相扑，二是时代剧。日本的相扑比赛每年有六个赛季，每到赛季，我晚上都会端坐在电视机前，几乎场场必看。相扑有自己非常独特的魅力，勇敢、忠诚、尚武是相扑的精神。比赛时，但见两位力士身上仅着兜裆布，梳着古代的发髻，腆胸叠肚，站在被称为"土表"的场地内，一番仪式后，双方开始搏击。这是一场速度与力量的对决，身壮力大者不见得能赢得胜利。相扑技巧多多、惊奇多多、情趣多多。男人看相扑，豪侠之气会油然而生。

没有相扑的赛季，能让我痴迷的电视节目就是日本的时代剧。时代剧主要以日本明治维新前的历史事件为背景，述说和展现当时武士、贫民、工匠和市井小民的平凡生活。许多时代剧都以技击、剑术、武士道和忠诚为主题，讲述武士行侠仗义、劝善惩恶的经历。一把武士刀能将男人的豪气和心底的善良表现得淋漓尽致。

有一部时代剧给我的印象很深刻。剧中有一位武士豪气万千，喜欢打抱不平，但他出手自有规矩，一如孔老夫子教学生要收束脩，武士除恶也要有车马费。有位村妇，被恶霸欺凌，家破人亡，夫死子丧。贫苦的妇人想求这位武士伸张正义，但她囊中羞涩，只能提着自己地里种的一篮子萝卜前去哀求。武士问清原委后，决意帮忙，但又口气坚决，说车马费一分也不能少，规矩是不能破的。无论妇人如何苦苦哀求，武士绝不松口。村妇哭诉未果，留下了萝卜，伤心绝望而去。当妇人离去后，武士穿戴整齐，独闯恶霸府上，将恶霸痛斥了一番。恶霸自然嚣张，要和武士以刀剑较量。日本武士搏击不如我中华武术姿态优美，但是好在干净利落。二人较量中，果见武士发威，太刀爽利，两三个回合不到，恶霸便血溅当场。下一个镜头中，只见武士盘膝坐于门前廊下，支起木炭小火炉，炖起了酱油萝卜。关东煮的香气引来了周围邻居朋友的馋涎，大家直夸武士烹调手艺好。武士喜不可支，一边大快朵颐，啃着萝卜，一边得意地自夸，直说好吃好吃。

有人的地方，就会有江湖，每个男人的心中都有一个武侠世界。我虽是一介书生，但手有"缚鸡之力"。

有一回，有位忧伤的妈妈带着她的女儿来看我，请求我帮她女儿申请公民英语免试。在美国申请公民不是一件容易的事情。申请人拿了绿卡五年后，法律规定申请人必须具有一定的英语语言能力，并且要对美国的宪法、历史等知识有基本的了解。如果申请人因为疾病不能掌握英语或不能理解美国宪法、历史和政府的运作，移民局会提供一种豁免措施。那些有明确疾病诊断的申请人如果持有医生证明，证实他们的疾病确实妨碍了他们的听说读写能力，并且他们不能掌握这些技能，那么申请人可以提出他们的豁免请求。移民局会提供一种特殊的申请表格，即 USCIS N-648 表格。

鉴于这种英文免考申请的敏感性，一般情况下医生都不愿意帮忙填写这些表格，以免引起移民局的注意，从而给自己招来不必要的麻烦。当然，如果患者年龄在 70 岁左右，患有多种医学疾病，特别是出现了脑血管疾病或阿尔茨海默病问题，医生会考虑帮助患者准备资料、填写表格。这种表格要求的内容很多，劳心费神，需要准备的时间较长，所以每个诊所都会收取一定的费用。换句话说，患者需要支付表格填写费。更多的时候，即使患者愿意支付费用，如果条件不合格，那医生也不一定愿意帮忙填写。

这位妈妈来找我时泪眼婆娑地告诉我，她的女儿原本天资聪颖，悟性极高。她是国内名牌大学的毕业生，拿到美国大学的奖学金来洛杉矶攻读硕士学位。开始她女儿一切都很顺利，毕业后找到了工作，拿到了绿卡。可天有不测风云，人有旦夕祸福。有天夜晚在回家的路上，她女儿的车与一个醉酒的瘾君子驾的车迎面相撞。撞击场面非常惨烈，两辆车都报废了。她女儿的颅脑严重受伤，被救护车送进医院急救。头颅 CT 扫描证实她的颅内有大量出血，于是被迅速送入手术室，接受了开颅止血手术。她女儿术后昏迷了数周，一直依靠呼吸机辅助支持。好在年轻的生命力非常顽强，她终于苏醒，并慢慢康复。

只是，严重的颅脑损伤给这位女孩留下了无法恢复的后遗症，她出现了癫痫间歇性发作。小发作时，她的上身、手臂和腿部会出现肌阵挛，有反复或有节律的肌肉抽搐。大发作的时候，女孩会有强直阵挛性癫痫。每次大发作时，女孩会突然意识丧失、身体僵硬、全身抽搐和颤抖，有时还会有膀胱失控或咬舌的情况。为了治疗她的脑外伤和预防癫痫大发作，神经科医生不得不让她口服大剂量抗癫痫药物。这类药物有极强的副作用，包括疲劳嗜睡和过度镇定。

女孩中等身材，略显消瘦，大大的双眼十分茫然，眸子里没有光彩，她的眼眶也是黑的。女孩面上虽薄施粉黛，但难掩憔悴。我仔细近观，看出女孩容貌不差。二十六七岁的年龄，正是一个女人生命中最光彩照人的时候。若没有这次飞来的横祸，她应该早已恋爱，或与心爱的人喜结连理。而此时，端坐在我面前的她却反应呆板，行动迟缓。

我问了她一些个人信息及日常的简单问题，女孩努力地回答着。她的应答虽然有些慢，但基本沾边。接下来，我给她做了简易精神状态检查表（mini-mental state examination，MMSE）。这份表格问卷共有 30 个问题，是一项最具影响力的标准化智力状态检查工具，用于评估认知障碍，可对潜在的阿尔茨海默病和其他类型的痴呆症进行迅速筛查。这种测试简单易行。

女孩竭尽全力地回答检查表中的 30 个问题，一个问题记 1 分。检查得分若大于或等于 25 分，基本代表智能正常。21 ~ 24 分表明存在轻度认知障碍；10 ~ 20 分表明存在中度认知障碍；10 分以内，则属于严重认知障碍。临床检测时，检查者会根据患者的受教育程度和年龄进行一定的结果修正。女孩最后的得分只有 15 分，对于一个硕士毕业生来说，检查结果意味着她已经是一个中等智障患者。

女孩的妈妈在一旁抹泪哀求，说她已经去了好几家诊所，没有医生愿意提供帮助。女孩妈妈从国内赶过来照顾女孩，经济上非常拮据，而且女孩只有低收入的白卡保险。白卡主要是美国政府为低收入群提供的低成本或免费的医疗保险，白卡的保费由政府承担，使用者基本上不需要为医疗费用花钱。但是，白卡给予政府医院和私人医生的付费标准是不同的。给予私人医生的付费额度非常低，低到甚至少于诊所运营的基本成本。所以，绝大部分私人诊所是不接受白卡病人的。因为诊所不收白卡，所以女孩今天的看诊属于自费。

看着痴呆的女孩和她悲伤的母亲，我一时也不知说什么好。虽说同样是医治患者，但私人诊所是典型的以诊费换取服务的机构。私人诊所完全自负盈亏，不像政府诊所有许多财政补贴。我向女孩的妈妈解释了诊所的收费规定，她的女儿若按照普通患者管理，必须每月看诊回访，一年以后医生才能考虑是否帮助患者准备填写公民申请表格。

听到这里，女孩妈妈哭得更伤心了，她说她们家来自国内广西的边远地区，家里一年的收入微不足道。她能来美国照料女儿，靠的是女儿车祸后对方保险公司赔付的一笔有限的伤残补偿费用。这几年，她在这边照顾女儿，两人的衣食住行就靠这点费用，早已入不敷出。她哭诉道，女儿若是回国，是没有医疗保险的，别说生活费用，就是每月的治疗费用都能把一个家整垮。如果女儿能申请入籍，拿到公民身份，她就能有更好的红蓝卡医疗保险，每个月也能拿到残疾人的残障金。妈妈哭着说："我只想让她能够活下去，能得到治疗，能有口饭吃。以后我们当爸爸妈妈的不在了，她也能继续活下去。"

我行医这么多年，经历了许多风风雨雨，看惯了多少悲欢离合，早就学会了镇定自如，泰山崩于前而色不变。可我还是有两处最大的软肋，一是受不了患者的眼泪，二是听不得患者哭穷。患者只要一流泪，一诉苦，我基本上就会自动把患者的保险自付额给免了。虽不能说是救苦救难，但医生这行做久了，自有职业熏陶的慈悲心肠。再者，在医院工作，怎么会忍心真的见死不救。医生只管看病救人，收费不是医生的事情。当然，如果医生为了钱敢见死不救的话，那就等着被吊销执照甚至坐牢吧！

我思索片刻，决意帮助这对不幸的母女。我告诉面前这位还在哭泣的妈妈，我愿意帮助她的女儿。考虑患者是自费治疗，我减免了她的随访费用。我答应帮她女儿准备申请公民考试豁免的材料，费用也全免。

半年后，女孩的英文考试豁免申请得到了批准，她顺利地通过了面试，成了公民。这位妈妈特地带着女儿来诊所感谢我，我收到了她们带来的一瓶海鲜干贝酱。她高兴地又流泪了，说这瓶海鲜干贝酱是在她的指导下，她女儿亲手为医生做的。

女孩的故事暂时告一段落。她也算是在不幸之中，有了继续活下去的希望。这瓶海鲜干贝酱让我想到了时代剧中的关东煮，我自己也很高兴能为这个可怜的华裔小女生尽了一点绵薄之力。

其实，侠义精神处处都有。我身处的美国西部有着两百多年的牛仔传统，牛仔传统代表着西部文化的精髓。牛仔们往往头戴毡帽，脚踏马靴，身跨千里驹，手拿毛瑟枪。危难时刻，他们敢于积极向前。牛仔们既勇敢、粗犷、勤劳和野性，又充满浪漫柔情，乐于扶危救难。牛仔精神就是西方的武侠精神。

大侠们行侠仗义，"事了拂衣去，深藏身与名"。他们不求回报，可谁又知道侠客们背后的悲伤和苦痛呢？我遇到的本杰明就是一个牛仔侠客。

本杰明是我在郡政府精神卫生中心接诊的患者，他是一个身材魁梧健壮的中年白人。我第一次遇到他时，他面容悲苦，一副凄凄惨惨的样子。乍一看，以为他是一个单纯抑郁症患者。我细细询问过病情后，才发现他的病症没有那么简单。本杰明虽然能够回答我的问题，但他的记忆明显有欠缺。他的注意力不够集中，讲着讲着，他会完全偏离原来的问题。问了他的既往疾病史，我才知道本杰明两年前出过一次重大车祸。当时，他骑摩托车进山，因傍晚天色昏暗，兼之过度疲劳，本杰明失手翻车，摔进了路边深谷，造成脑外伤，颅内出血。他被同行伙伴救起，紧急送医。本杰明接受了颅脑手术，好不容易才捡回了一条命。

我详细询问完本杰明的病史症状，发现他的病案并不复杂。本杰明没有家族精神病史，他的所有情绪症状都是在车祸后发生的。除了抑郁悲伤、焦虑急躁，本杰明出现了显著的记忆损害。他的遥远记忆和中远期记忆损害不大，但他的近期记忆受损严重。本杰明能记得起很久以前发生的一些事情，但他记不起早餐刚吃了什么，或者昨天参见过什么活动。

我问了一下他的家庭情况，这一下子触动了本杰明的伤心处。他说自从他受伤以后，因为智力和记忆力的关系，他无法继续经营自己原先的私人小企业，他的公司不得不关门大吉。公司倒闭后，他的家里失去了经济来源，房贷车贷还不上了，结果他拥有的一栋漂亮的大宅被银行强制拍卖了。扣除欠银行的本金、利息和罚款后，本杰明手里所剩有限。车祸后的本杰明接二连三受到多重打击，他的情绪变得非常不稳定。他和妻子出现了频繁的言语冲突，甚至有了肢体冲突。本杰明的太太对他感到失望且恐惧，便带着两个十来岁的男孩回了娘家。本杰明不能很好地控制自己的脾气，他变得冲动易怒。他的太太向法院申请了限制令，禁止他靠近她的居所一百米内。本杰明现在也被禁止去见他的两个儿子。

说到伤心处，本杰明潸然泪下。"男儿有泪不轻弹，只因未到伤心处。"一个魁梧健壮的大男人在我面前失声痛哭，让我不由心生怜悯。我和本杰明讨论了他的诊断治疗方案，他连连点头，表示绝对配合医生的治疗。他愿意尽快振作起来，他想早日见到妻儿，一家团聚。

本杰明患有脑外伤导致的情绪障碍和神经认知障碍。对前一种病症，我建议他服用情绪稳定剂和抗抑郁症药物；对第二种病症，我建议他同时服用两种抗痴呆药物。我告诉他，抗痴呆药物虽然不能治愈他的记忆力损害，但这种双联药物组合能够延缓他的记忆退化进程。

临床上，很少能看到有患者像本杰明这样有迫切寻求医治的强烈愿望。他是一个非常配合的患者，从不错过和我以及他的心理治疗师的治疗回访。几个月后，他的情绪变得越来越稳定。他的悲伤和焦虑症状显著缓解，睡眠时间和质量也得到了改善。本杰明说现在他几乎没有什么暴怒或发脾气的时候。他的记忆力虽然改善有限，但注意力有所好转。为了避免因记忆问题错过每日的重要安排，本杰明学会了把每日的安排和需要处理的事项都详细记在了手机记事本上，他每日会多次检查自己的日程安排。

通过和本杰明本人以及他的社工沟通，我对本杰明的背景有了更清晰的了解。本杰明过去在他所居住的城市是个相当知名的人物，他和几个当地的居民自发组织了社区"邻里守望"行动。从前他们居住的城市族裔混杂，帮派活动猖獗，犯罪率很高。许多居民因为缺乏安全感，陆陆续续搬离了这座城市。在本杰明和几个核心成员的号召下，大家组织了一支赫赫有名的哈雷车队。每天不同时段，哈雷车队小组成员会定期巡视社区不同区域。一旦发现可疑人员和可疑情况，他们会第一时间向市警局报告，并随时向警局更新动态。由于他们的长期坚持和努力，整个社区的治安状况迅速改善。他们所在的城市安全知名度大大提高，搬来了许多新的居民。社区住房价值随之升高，商业活动兴隆，整个城市重新变得活力十足。

哈雷车队虽说是一个民间自发的"邻里守望"组织，但内部管理非常严格，所有入队的成员必须是社区居民，且无任何犯罪记录。车队日常运行费用都是队员自筹或来自社区居民的捐赠。哈雷车队没有任何执法权力，但他们与警局紧密配合，警察也会在他们报警后以最快的速度出警。哈雷车队总是四五辆摩托车一起在社区进行巡视，这本身对犯罪集团或犯罪分子就有一种直接的威慑力。除了巡视社区，居民守望，哈雷队员们还发扬侠客精神、英雄主义，积极帮助社区成员解决生活中的实际问题。他们常常帮居民找猫寻狗，帮老人搬家清理，去学校制止霸凌，协助社区处理重大危机。哈雷车队一到，人人拍手欢迎。

哈雷车队多年来对社区的服务得到了市政府的高度肯定，本杰明和他的伙伴们每年都会受到市政府的各种表彰。每年五月的最后一个星期一是美国的阵亡将士纪念日，每年在这一天，美国摩托车协会都要组织全美哈雷摩托车迷向首都华盛顿进发。本杰明的哈雷车队则会在市里举行摩托车队大游行。当天，车队的数百辆摩托车列阵巡游，警车为他们领行护卫。他们所到之处，市民夹道欢迎，掌声雷动。哈雷车队为社区的服务深得居民的认可和感谢。每年的这一天是本杰明和整个哈雷车队最荣耀的时刻。

哈雷车队许多队员都是城市里的义务消防队员，他们定期接受消防训练。一旦遇到火警警情，如有需要，他们会加入救火队伍，和正式的消防员一起战斗。更多的时候，哈雷车队队员会为消防员和警察提供后勤服务。

本杰明就是在自愿支持扑灭南加州森林火灾的过程中受伤的，而这次受伤完全改变了他的人生。

南加州气候干旱，每年夏秋季都是森林野火的高发期。那一年，森林火灾多发，消防员疲于奔命，苦战在灭火第一线。连续多日在野外工作后，消防员个个满脸烟尘，浑身汗渍。因山区缺少水源，无法清洗，他们希望能得到些湿纸巾，进行简单的卫生清洗。消息传来，社区居民纷纷响应，踊跃捐款，很快就筹备了大量湿纸巾。自然，哈雷车队主动承担了向多个山区火灾点运送湿纸巾的工作。本杰明和他的队员义不容辞，奔波穿梭于各个救援地点。一天在回来的路上，本杰明因疲劳过度，驾车出了事故，造成了严重的脑外伤。

政府精神卫生中心对本杰明的治疗非常重视，专门为他开了好几次病案讨论会。谈到本杰明的奉献精神，他多年来为社区的辛勤服务，以及他目前生活的窘境，大家无不唏嘘感慨，都希望尽最大的努力帮助他尽快康复。

目前本杰明的情绪稳定，记忆力损害也初步得到了控制。我向团队提出了临床治疗的重要原则，即在病情稳定后，重点提高患者的功能水平。对于本杰明来说，他渴望家庭团聚，渴望见到两个心爱的儿子。这也是我们治疗的目标。

新的治疗目标一经确定，本杰明的社工、心理治疗师就都开始摩拳擦掌，决意为此努力。随后，她们和本杰明的太太有过多次沟通，介绍了他治疗上的进步和希望家庭团聚的心愿。他太太是个通情达理的女人，以前只是受不了本杰明受伤后的暴躁情绪和暴力行为，担心孩子们的安全才躲得远远的。现在听说丈夫经过积极治疗，症状有了很大的改善，心里也很欣慰。她愿意给本杰明一个机会，同意在有人监督的情况下，让本杰明每个周末都能和孩子们见面，享受几个小时的亲子相聚。

我们看到接下来的治疗效果越来越好。本杰明见到自己的两个儿子后，涕泪纵横，拥抱着孩子们，久久说不出话来。孩子们也知道爸爸是因为大脑受伤才出现了之前的问题，早已原谅了他。父子在一起的时光非常愉悦，本杰明原本就是个能工巧匠，动手能力极强，和孩子们一起互动，再次激发了他的创作欲望。他经常领着两个孩子一起做机械手工，总能整出点新奇玩意。这些技能是他的工作记忆，这方面的能力本杰明基本保留良好。

我和本杰明的太太也有过好几次长时间的通话。我谈到了他现在的努力治疗，渴望康复的决心，他过去对社区的贡献，以及他从前对家庭的关爱。这样一个侠骨柔情的男人，是不应该被社会和家庭遗忘的。他的太太泣不成声，埋怨本杰明太傻，在外面付出太多，结果受了重伤，害了自己，也害了原本非常幸福的家庭。

本杰明的太太虽然哭诉埋怨，但心里早已原谅了丈夫。几个月后，好消息传来。本杰明的太太终于重新接纳了他，一家人完美团圆。

本杰明重回社区后，他的精神状态和记忆能力有了更好的恢复。他虽然不能参加哈雷车队的日常巡视服务了，但会力所能及地做一些后勤服务工作。他原先的一位队友是一家公司的老板，他给本杰明的太太提供了一份薪资福利很好的工作。政府心理治疗中心也协助本杰明申请到了社会残障金。本杰明所在城市的市政府特地给本杰明安排了一个半职的保安工作，一周工作20个小时。这是特意安排的，一是考虑到他的身体状况，二是考虑到他已经领取了社会残障金。本杰明若每周工作时间超过20个小时，他就不能继续领取他的社会残障金了。

本杰明的城市没有忘记他，他被授予了社区服务特别贡献奖。哈雷车队没有忘记这位创始成员和老队长，本杰明被授予了哈雷车队终身名誉队长称号。本杰明的奉献精神至今还在鼓舞和激励着他的队友们。

第 15 章 人生三部曲

平素与朋友茶叙，每每谈及某些具有悲情色彩的文章，大家都会唏嘘不已，为主人公的命运感慨。其实，许多悲剧性人物都有一定的性格缺陷，从而导致了他们的悲惨命运。这大概也应了我们常说到的"性格决定命运"。

唐代诗人多风流倜傥，然性格顽强、百折不挠者，莫过刘禹锡。刘禹锡怀才不遇，屡遭贬谪，但是他博大坚毅，不畏坎坷。大诗人白居易遇见刘禹锡时，为他经历的坎坷打抱不平。刘禹锡回诗一首《酬乐天扬州初逢席上见赠》："巴山楚水凄凉地，二十三年弃置身。怀旧空吟闻笛赋，到乡翻似烂柯人。沉舟侧畔千帆过，病树前头万木春。今日听君歌一曲，暂凭杯酒长精神。"诗人不忘过去，更放眼将来。对世事的变迁和仕宦的沉浮，表现出豁达的襟怀。劝慰朋友的同时也是鼓励自己。

我喜欢刘禹锡，不仅仅是仰慕他的才华，更尊重的是他的气节和品行。而在我众多的患者中就有这样一位患者，他自强不息地与命运抗争的勇气令我感动和敬佩。在我经历困难，或劝慰朋友，或鼓励我的患者时，总会想到或骄傲地提及他。他叫马克，自我遇见马克，迄今已有 10 年之久。

马克初次问诊是由他的兄长陪同来到诊所的。当时他20岁出头，虽说身材高大，但却垂肩驼背。马克算不上严重肥胖，但也绝对超重过度。他神情呆板，精神萎靡。他坦承自大学二年级开始，就出现了严重的幻听和迫害妄想症，并伴发严重抑郁症。他进进出出精神病院几次，病情也没能完全稳定下来。马克的认知和记忆能力迅速下降，已经无法与其他人进行正常交往，他也无法独立在外生活了。最终马克被学校劝退。

听马克的哥哥说，马克原本是一个非常聪明的好学生。但自从退学后，他变得极度沮丧和悲伤，还拒绝治疗，成天把自己关在房间里，不见外人，也不出门活动。马克的父亲早逝，家里除母亲外，只有哥哥一人。马克的哥哥一表人才，没有任何精神或身体问题。马克的母亲收入微薄，全家人主要靠哥哥的薪水维持生计。

马克自述的三大主要症状是幻听、妄想和忧郁。他思维缓慢迟钝，但没有明显的思维异常。马克最主要的问题是对自己的生活和命运失去了信心，而且他不愿意接受治疗。

马克之前的医生给他的诊断是抑郁型情感性精神分裂症。这个名字听上去有些拗口，其实就是精神分裂症外加抑郁症。精神分裂症不是绝症，但临床治疗反应与性别密切相关。从统计学上看，95%的女性精神分裂症患者会认真配合治疗，症状控制得都比较好。这些女性有正常的家庭生活，工作、学习、结婚和生育都不耽搁。可是，男性精神分裂症患者对治疗不太配合。临床上，50%的男性患者会拒绝药物或心理辅导治疗。

无论是医生还是他们的家人如何鼓励劝说，都是竹篮打水一场空。

我深为面前的这个年轻人感到可惜，他拒绝治疗，就代表没有希望。我经手过许多这样的患者，也总结出了自己的心得。对这些不服从治疗的患者，我一般不会努力劝说对方要如何吃药，我会尽可能避免加重不必要的负面刺激。我告诉马克，我只有三个问题要问他，如果他答得出来，我们就继续治疗；如果他实在不想回答，我也不勉强。马克听了，点了点头。

我的三个问题与其说是问题，其实是对患者的心理活动状态的测试。我问马克："你觉得自己的未来还有希望吗？或者你甘心放弃希望吗？如果还有希望，你愿意接受治疗，并为之去努力吗？如果你愿意努力，你能保证自己长期坚持下去吗？"

马克当时的反应不是很快，他试图完全理解我的问题。我重复了这三个问题，他的哥哥也在一旁反复解释我的问话意图。马克明白了我的问题，他抬头看着我，缓慢但清晰地回答道："我愿意努力。"

马克的哥哥有些激动，他说过去这两年，他陪马克看了好多次医生。每次一说到治疗，马克都说"不"。他轻轻地拍着马克的背，说道："不管多艰难，我都会和你在一起。"

我深为马克和他哥哥的兄弟情谊所感动。在精神疾病的治疗上，讲究三大因素，即患者的主观能动性、家庭支持和社会支持。什么是家庭支持？家庭支持就是亲人的爱、关心和陪伴。什么是社会支持？社会支持就是政府能考虑患者的治疗需求，考虑患者的生存环境，为患者提供治疗支持和经济帮助。这些说起来简单，但做起来谈何容易！这三大要素若都能具备，世间不知要少多少受苦人。

我和马克的第一次治疗讨论，让我有些开窗见月的感觉。为了避免加重他的抵触情绪，我给他开的是单味药小处方。我告诉他，如果他认真服从治疗，我绝不增加第二种药。但我有个前提，就是他每天要和他哥哥一起，锻炼身体一小时。

文明社会讲究契约精神，医生和患者之间同样需要尊重契约精神。十年多来，马克的那味药始终没有换过，我也没有给他加过第二种药。在最初的阶段，根据他对药物的治疗反应，我给他调整过一次剂量，当时马克嘴里咕囔过。我告诉他这是必要的剂量调整，对他的治疗有益。马克点点头，表示理解。

医患双方认真配合，经过数月的治疗后，马克的幻听和妄想症状得到了控制。我最开始曾想过给他服用抗抑郁症药物，但我有言在先，自己不能违背了诺言，所以我没有给他开这类药物。我鼓励马克有规律地运动，积极地锻炼身体。他的忧郁症状渐渐也有了明显缓解，半年后他的情绪完全康复。马克原本身材高大，经过积极锻炼，更显身体健硕，肌肉发达，线条轮廓清晰，是个标准的美男子。

马克曾问我，像他这样患有精神分裂症的患者是否需要终身服药治疗，我给了他肯定的答案。我给他介绍了美国国立卫生研究院精神分院的一项著名的临床研究。在这项研究中，研究对象包括两组精神分裂症患者。第一组患者十年间从不间断药物治疗，另一组患者则在治疗中断后再重新开始治疗。结果，十年以后，不间断治疗组患者的认知功能几乎没有多少退化，而另外那组不稳定治疗的患者的认知能力则显著降低。马克听了我介绍的这个研究结果后，再没有提过减药或停药的问题。

治疗半年后，在一次定期回访时，马克问我他的下一治疗阶段的目标是什么。我非常高兴马克提出这样的问题。我告诉他，我们的治疗分两个阶段，第一阶段是控制症状，第二阶段是改善功能。马克又问："什么是改善功能？"我笑着回答："这个阶段，你有三个主要任务，要一步一步来完成。第一步，重归校园，完成学业。第二步，找到工作，经济独立。第三步，寻求爱情，娶妻生子。一句话，所有正常男人能够做到和拥有的，马克你一个都不能少。"

世上的每个人都有各自不同的人生轨迹。基因不同、出身不同、环境不同，机会当然也不同。但性格决定着每个人的命运。目标恒定并坚持不懈是通向成功的首要前提。马克的性格恰恰是那种最能坚持、最努力的典型代表，一旦他明确了自己的目标，就会认真执着地去追求，绝不放弃。

我们刚刚建立了这个初步计划，马克和他的兄长就问我，考虑到他这样的精神病史，选择什么样的专业比较好。我有些为难，这个问题太专业了。我想了想，觉得还是要让马克自己决定。我问马克他自己最喜欢什么学科，过去在大学里他学的最好的是什么学科，马克立即回答说："计算机科学！"显然，这应该就是他的最佳选择。

按照我的建议，马克报名进了社区大学，主修计算机科学。马克非常聪明，每学期都拿全 A，是学校里有名的好学生。要知道，大脑神经系统的多巴胺活性决定一个人的认知能力。但万事皆有度，天地自平衡。多巴胺过度活跃也是产生精神症状的基础。世间有那么多神童，可到头来有几个能成为爱因斯坦和爱迪生？大多数神童后来在精神上多少都会出现一些问题。

两年后，马克顺利申请并重新被加州大学录取，继续主修计算机科学两年。马克对学业信心满满，他已经开始思索如何完成他的下一步任务了。他很愿意和我讨论这些事情，问我对他有什么新的建议。我问马克："如果你是公司老板，面试一位求职者，你对这个人首先会有什么要求？"

马克思索片刻，回答道："经验，这非常重要。即使是新员工，老板也会希望他有一些实际工作经验。"

我笑着点点头。这个聪明认真的年轻人一点就通。

马克勤奋又朴实，句句话都会落到实处。接下来，在州立大学两年学习期间，他在学习之余，去了一个社区技术服务中心做志愿者，免费帮助社区居民修理计算机，提供软件程序设计和解决其他计算机技术问题。他认真工作的态度和勤恳努力的表现，总是鼓励着身边的其他人。

大学还未毕业，马克觉得自己最好能找个半职工作。他的家庭收入低，虽然大学给了他一些资助，他也有助学贷款，但他的主要生活费用都是由他那位善良友爱的大哥提供的。古人说过："父慈子孝，兄友弟恭。"父亲早逝，长兄如父。马克对我说："哥哥一直负担我们全家人的生活，他现在有女朋友了，我要帮他减轻负担。"

我支持马克的想法，同时告诉他，让他哥哥下次和他一起来诊所，我有话要说。马克想要问缘故，我笑而不语。

这几年，马克的精神症状完全得到了控制，抑郁症的症状也消失了。但他的过度自律和对未来美好生活的期盼，却给他增加了不少焦虑情绪。虽然马克不承认自己有焦虑，但他一直以来说话语速很快，而且回答问题容易抢先，别人的问话还未说完，他就急于回答，而且会详细地过度解释。他认为如果自己回答问题全面，对方就会充分了解他的知识水平和能力。

马克兄弟俩一个月后如期而至。马克的哥哥问我要如何具体地帮助他的兄弟。

我告诉他，马克有明显的焦虑，他说话的语速太快，回答问题急躁又啰唆。我认为必须有人专门为马克进行训练，帮他稳定情绪，学会有效地回答问题。我递给他一份我帮马克准备的常见面试问题，也让他哥哥想想，看看有没有什么补充。

很多年前，我通过了多轮医学考试后，准备申请住院医生训练。我当时的教授也是一位知名的精神科医生，他一边埋怨说我不爱做医学科研了，一边安排时间给我做了面试训练。他说面试有许多技巧，面试者的回答反应、临场应变和沟通能力决定了面试的成功率。他让我用摄像机将他和我的这场模拟面试拍了下来，让我回头反复多看几遍，并思考自我改进的空间。

马克的训练卓有成效。几个月后，我看到了他的变化，他和我之间的交流开始变得舒缓自然。他渐渐能控制住自己的语速，回答问题时也比较简明扼要了。

在大学的最后一年，马克申请到了一份他擅长的计算机系统维护的半职工作。大学毕业后，老板立马给他转成了全职工作，薪水相当不错。

由于马克系统且有计划的长期努力，他的功能任务三部曲在一步步地实现之中。当有了半职工作后，他问我他是否可以开始找女朋友了。我笑着回答说："有了经济基础，才能谈上层建筑。你现在具备消费能力了，当然可以寻求美好的人生了。"

这么多年来，我帮助马克治疗，开心地见证了马克的成长和成功，内心也颇为得意。我快乐和骄傲地认为，马克的康复是我工作的完美杰作。但我知道，这件伟大的艺术品更多是由马克自己完成的。

几年后,马克申请了一份联邦政府管理计算机系统的工作,这份工作和他目前在私人公司的工作有相似之处,但待遇更加丰厚,福利也更完善。马克心动了,他一路过关斩将,进入了最终面试阶段。

最后的面试有三个主考官,他们对马克的学历、工作经验和业务能力没有任何挑剔之处,但其中一个主考官注意到马克第一次上大学的时候中途退过学。主考官询问马克是什么原因。虽然个人治疗的信息是保密且受法律保护的,但马克还是诚实地回答了他当年退学的原因。他没有隐瞒他过去的疾病,他告诉主考官,他目前还在定期接受医生的治疗。

几周后,马克收到通知,他求职的政府机构人事部门提出了一个要求。马克必须提供一份来自他目前的精神科主治医生的全面治疗评估报告,而且要求报告必须尽快提供,用人单位需要做出最后的聘用决定。

马克非常紧张地来找我,因为对方人事部门只给了一周的时间。他知道我工作非常忙,就问我能否按要求提供这份评估报告,他的眼神里充满了期待和恳求。

我毫不犹豫地答应了。我知道我并不完全是在帮马克,我得承认自己很自私,我其实是在帮我自己。我想看到马克到底能取得多大的成就,我想满足自己的职业成就感。他飞得越高、越远,我心里便会因自己的成功而更快乐、得意。

整整一周，我每天晚上都在撰写他的全面治疗评估报告。在这份报告里，我无法再保持一贯的自我要求的作为医生的中立。我想告诉他的主考官和人事部门，这是一个多么有毅力和多么顽强的年轻人。在过去漫长的八年里，他坚持努力，从不放弃，一步步地朝着自己的人生梦想前进，而且把他的梦想一步步变成了现实。

完成了马克的报告后，我觉得自己身心俱疲，竟有些虚脱的感觉。当我亲手把这份长长的全面治疗评估报告交给马克后，顿时感到如释重负。

两周后马克和他的哥哥来到诊所，告诉我他被联邦政府录用的好消息。马克激动得泪流满面，我也控制不住情绪，微红了眼眶。

我和马克的故事还在继续。马克在联邦政府的工作表现非常优秀，他的职务得到了两次提升。他目前还在努力实现他的第三个任务。他谈了好几个女朋友，但还没能找到他心仪的、能共度余生的伴侣。

旧的契约未变，新的契约又来。我告诉马克，将来他举办婚礼的那天，我即便再忙，也会准时参加的。我笑着告诉他，如果有人好奇问起我和新郎的关系，我会骄傲地告诉他们，我是新郎业务上的合伙人，我们的生意很成功。我只是个公司的小老板，新郎却是公司的大股东。

第 16 章 绝望中的选择

我在读医学院的第二年,应朋友之邀,有了一趟苏杭游。我们从姑苏的枫桥夜泊出发,沿着京杭大运河,小客轮吱吱呀呀地把我们摇到了人间天堂。小伙伴们先伫立在钱塘江口观看大潮,然后步入通往六和塔的石阶。我正在帮她们以塔身为背景拍摄时,忽见一年轻男子从塔里面敏捷地爬到了塔的飞檐上,正诧异间,男子纵身一跃,头朝地面,飞坠而下。耳听得嘭的一声闷响,地面微颤。当时年轻的我惊得目瞪口呆,全身僵直,好一会儿说不出话来,那点游兴早不知飞到哪里去了。同行的两位小伙伴背对着六和塔,她们除了听到响声,啥也没见到,仍旧拉着我前行。及至塔前,警察已经到了,正在处理现场。男子的身体已经盖上白布,身下有一道混合着脑浆的红白血迹。我大着胆问警察是怎么回事,同样年轻的小警察回答说是自杀。

在美国苦读了数年,我成了精神科住院医生。除了没日没夜工作外,住院医生每周都有一个下午雷打不动地参加专业课培训。我对第一堂训练课的印象非常深刻,是关于自杀严重性的判断及处置措施的。正确判断的基本原则是要仔细询问患者有没有自杀的念头。有了念头，要问有没有自杀的决定。最后还要问，有没有想好自杀的方法。

医疗以人为本，尊重生命。医院对患者自杀的发生和处置都有严肃认真的事后调查。有一次，我病房里有个年轻的患者，一天早饭后，他开着房门，不知道脖子上缠了条毛巾还是腰带什么的要往门后挂，被护士看到后制止了。此后他的护理马上就升级了，他的房门不允许关闭，护士每隔一小时就会过来巡视。过了两天，医院有关部门对他住院期间的自杀行为进行了查根调查。查根调查特指从病情发生发展的每一个环节寻找可能处置不当的因素。20多位医疗相关人员纷纷报告着事情的发生发展、危机处置和患者现状。等大家议论完了，都看着我这个医生，等待我发表看法。

我介绍了病案，这是一个疑似有双相情感障碍的患者。双相情感障碍指的是患者有不定期情绪兴奋狂躁或情绪抑郁低沉。说是患者疑似有多年滥用毒品的问题。吸食毒品本身可以导致类似双相情感障碍的症状。患者的父母昨天来医院看他，要求他戒毒，并告诉他，他留存在家里的毒品已经被他们销毁了。后来我问患者："这就是你想自杀的原因吗？"患者回答道："我不想死，我就想让他们知道，我对他们的所作所为有多么愤怒。我想吓吓他们，看他们以后还敢不敢这么做！"我接着又问："万一你真的伤害了自己怎么办？"他答道："不会的，我只是做了个样子。我没关房门，护士肯定能看到我。"

查根调查会在大家的哄笑声中结束了。虽然如此，我还是对这位患者做了许多教育开导，包括如何改善认知，如果正确处置危机，以及如何调控情绪变化。同时，我调整了他的护理安排等级，但医护人员对他的戒备心一直持续到他正式出院。

此事过去不久后，一天早晨，我去急诊室接班，当时的夜班医生是我的学姐贝蒂。一进房间，就看见她愁云满面，僵坐在椅子里，一副非常憔悴的模样。她告诉我，她和院长昨晚值班，来了一位60岁的白人男性。患者话不多，问诊有些困难。贝蒂问来问去，最后诊断该患者患了抑郁症。因为患者不主动开口，贝蒂也问不出个所以然，也不知道他是否有什么特别的压力或其他的危险因素。患者想入院治疗，可贝蒂觉得他更适合门诊治疗。贝蒂拿不定主意，就打电话询问了院长的意见。院长反复斟酌后，同意了贝蒂的建议，并指示让患者次日直接来医院门诊找他。贝蒂按照院长的安排和患者谈了，也将一些相关的手续办好。患者同意先回去休息，明天再来门诊看医生。但在半小时后，贝蒂听到了最坏的消息。患者离开急诊室后，径直来到了医院的停车大楼，坐电梯上了顶层。接着，他翻过顶层的保护栏杆，纵身跳下，没有留下只言片语。

这件事给我留下了极其深刻的印象。事情发生之后，所有的住院医生都被额外安排了两周的防治自杀教育辅导课程。其他医护人员也重新开展了预防患者自杀的训练。此后，即便行医多年，遇见那些难开金口或不开金口的患者，我也会格外小心。生命之重，难以承受。

10年前，我在一家大型连锁精神心理辅导中心工作。通常，普通门诊患者中患有精神分裂症的患者比例其实很低。这些患者中，患者老张的某些奇特行为引起了我的注意。老张50多岁了，20多年前偷渡来美，滞留不归。他没日没夜地打工，挣了几个钱都交给律师事务所办身份了。老张好不容易把身份搞定，可他的精神却出了大问题。老张被强制收入精神病院治疗了好几次，他也算遇到了好心的社工，把他安排到我们这家社区服务型精神心理辅导中心接受治疗。这几年下来，中心的医生和社工帮他申请了红蓝白卡和基本的残疾人收入，还帮他找了一个很便宜的公寓住着，而且他房租的三分之二是由政府支付的。老张总算避免了无家可归的窘境。

老张患的是妄想型精神分裂症。他父亲的家族有这种病的遗传基因。老张年轻时就有些精神症状，但当时的症状还没有那么严重。虽说老张脑子有些不灵光，但他做个粗活，打个零工都没啥问题。可是，老张孤身一人，流落他乡，干着最辛苦的工作，拿着最微薄的工资，上面挨老板责骂，下面还会被同事欺负。老张长期生活在贫穷和移民的困窘中，缺乏社会和家庭的关爱。最终，诸多压力让老张来美追寻幸福的最后一丝希望破灭了。希望失去了，他的灵魂也就残缺了。

我每月和老张面诊一次。他中等个头，面色黝黑，胡须凌乱，衣着单薄，身型消瘦，一看就是典型的营养不良。最初见他时，老张的语言逻辑还算基本正常。他自言除了恐惧、焦躁、不安之外，每天都能听到许多人在脑子里和他说话，责骂声、议论声从未间断。他一直觉得周围的人都在盯着他，议论他，说他的不是。老张不敢出门，成天躲在房间里。他一出门就频频回头，总怀疑会被别人盯梢。听他的社工说，老张出门回来后，一进家就四处乱翻，查看家里有没有被安装了窃听器或摄像头。老张坚称以前在他住院期间，政府特工在他的脑子里安装了芯片。他做了什么、想了什么以及他的一举一动都会被特工拍下来。老张说他没看清特工的脸，但他坚信特工就躲在墙角转弯处。

老张的治疗进展一直不理想，他的症状基本上没有明显的改善。老张没有家人和朋友，总是饥一顿饱一顿，按时吃药是个问题。他自己从不去药房拿药，每次都是他的社工帮他把药取回来。社工也不能天天盯着他吃药，他们一周会给老张打几个电话，但往往没人回答。有次老张来诊所随访，我建议他每月接受一剂抗精神病药物注射治疗。老张却瞪着眼珠子，又开始痛骂政府想通过注射往他体内安置新型间谍设备。见他如此反应，我也没什么好办法，只能反复劝说他尽可能每天服药。我能做的，仅此而已。

日子一天天过去，有段时间没见到老张了。这天，老张的主管社工雪莉过来找我，说老张最近情绪变得非常暴躁。他整天在屋子里打打砸砸，闹得四邻不安。当邻居向他表达不满时，老张却变得极其愤怒，张牙舞爪，破口大骂。邻居们知道他有病，无法和他理论，只好到公寓经理处去告状。经理通知雪莉说，老张若不能控制他的行为，再继续骚扰、影响四邻的话，屋主会中断与他的租房协议，并强制让他搬走。

雪莉去了老张家里几次。前几次，老张在房间里，就是不开门。最后一次，好说歹说，他让雪梨进了屋。听雪莉说，老张的屋子里脏乱无比，臭气熏天。老张说话语无伦次，有非常严重的被迫害妄想。老张已经拒绝看诊数月，更不服从药物治疗。我问雪莉老张有无自杀倾向或伤害他人的想法？她想了想，觉得老张伤害他人的可能性更高。

我通知了中心主管，让他安排患者责任经理和雪莉一起去老张家，并接他来中心。我给老张安排了一次紧急会诊，希望能进一步了解他的精神状态，并做安全性评估。我走出办公室，看到门口站着五大三粗的保安。我告诉他等会儿有一个情绪失控的患者来中心，患者病情严重，我们会安排送患者去医院。如果患者在候诊时行为失控，我希望他能配合我，采取无伤害措施固定住患者。我的话还未说完，保安的脸都吓得变色了。他连连摆手，说他不会。我奇怪了，问他："这是你们保安人员在中心接受的基本训练，合格才能上岗啊。"保安连连退了两步，一个劲儿地说他不敢接触精神疾病患者。我瞪了他一眼，让他退下。保安这一哆嗦，大厅里的护士和其他几位小女生都紧张起来，纷纷问我要不要紧。我气不打一处来，问她们到底有没有接受过无伤害处置躁动病人的训练。她们的回答是，她们都接受过训练，但都没有勇气。

等了半个小时，雪莉她们终于把老张接了过来。老张疑心很重，不愿意进我的办公室，只肯坐在候诊大厅，并反复问我大厅里有没有装窃听器。我也不勉强他，陪他坐在同一张长沙发上。我开始和他聊家常，尽可能给他一个轻松的气氛。这些都是临床问诊的常用技巧，先问一些外围问题，再问一些患者关心或感兴趣的问题，然后慢慢深入主题。老张还算合作，对我的大多数问话都会回答。不出所料，老张这几个月幻听加剧，他的被迫害妄想已经达到了非常严重的程度，时时刻刻都认为有人要害死他。

我问老张："你对谁有仇恨，有没有什么人你想要报复？"他摇头否认。我问他，"你想死吗？或者你想没想过要伤害自己？"老张不回答。我再问："你想过用什么方法伤害自己吗？"他点点头。我接着问："你想到了用什么方法？"老张没有回答，我望着他，他的双眸浑浊无神，目光散乱，两颗大大的泪珠在他的眼眶里打转。我接着追问："如果明天早上你没有醒过来，你会害怕吗？"老张无语，把头扭向一边。

我借故进了办公室，安排雪莉立即通知急救中心，让他们派救护车过来，患者需要紧急送院治疗。雪莉很快回来，说联系好了，但急救中心的工作人员说他们很忙，救护车大概过半个小时才能到。没办法，我们只能等了。我回到大厅，坐下来继续陪老张说话。不料，老张白眼珠一翻，不再回答我的问题。他坐在那里自言自语，念念有词，声音忽大忽小，一会儿谩骂，一会儿傻笑。我让护士给他倒了一杯水，老张茫然地接过水，继续开骂。忽然间，老张大叫一声，把众人吓了一跳。只见老张扔掉了水杯，掉头就朝外跑。我追出大厅，喊他回来。老张停了一下，回头看了看我，然后跑得飞快，一会儿就踪影全无。

我拨通中心主管的电话，简单述说了患者的情况。考虑到这是一个患有严重精神疾病的患者，有高度自杀的可能性，我建议主管以中心的名义，通知警局，请警察全城搜索，尽快找到患者，送急诊治疗。中心主管之前也接到了社工的报告，所以十分重视，立刻安排相关人员和警局联系。10分钟后，警局回复，搜寻老张的通知已经发送到了每一辆巡检的警车。

第二天，雪莉告诉我，老张昨晚刚返回自己的公寓，就被警察发现并送到了医院急诊室。现在老张已经被收入郡政府的精神病院。我稍感心安，嘱咐雪莉积极配合医院。若医院有需要，中心可以提供患者的既往治疗史和入院前的一些情况。几天后，雪莉告诉我，她去看了老张。老张还是老样子，不肯吃药，但没有太多的躁动。她告诉我，医院的社工让她签字，同意接患者出院，她口头同意了。

我一听就火大了，把雪莉狠狠训了一通。我告诉她，患者现在入院治疗，医院对患者的治疗和安全应该负全部责任。我们作为门诊医护人员，没有任何资格，也不会被允许参加患者的具体住院治疗。我们能做的，就是提供患者从前的治疗信息。很明显，医院里的社工欺负雪莉没有经验，让她签字同意接受患者，有明显摆脱责任的企图。雪莉说她要去医院给老张做心理辅导。这句话让我更来气，我严厉地批评她，让她搞清楚自己目前的角色。患者在医院，他自有他的住院部医疗团队和社工照料。我说："你可以去医院探访，但你的工作日志不可涉及任何治疗。"我要求她每次访问必须查问患者的精神症状，每次必须做病人的安全性评估。安排了这些工作，我还是不放心，又嘱咐雪莉，从今天起她写的所有对老张探访的记录必须要让我审阅，只有在我签字后，她才能送给她的主管，将病程记录入档。雪莉从未见我发过这么大脾气，吓得不轻，她保证按我的要求执行。

老张在郡医院总共住了两个星期，医院社工几乎每天都催雪莉去签字，把老张接出来。雪莉害怕了，每次去都按我的要求详细地对老张做安全性评估，每次评估都让她紧张不已。老张根本不配合治疗，从不吃药。雪莉每次去看他，都见他一个人躲在病房角落里，自言自语，傻哭傻笑。因为老张的精神症状没有明显改善，雪莉拒绝签字。医院急了，住院医生的电话打到了诊所。我严肃地告知对方，并请他转告他的上级医生，鉴于患者目前的精神状态没有显著改善，患者的安全性无法保障，我认为继续留院治疗是首选。如果必须要让患者出院的话，暂时要将患者送入封闭式疗养院或特殊护理机构。

老张住院两周后，雪莉告诉我，郡医院社工说老张接受了治疗，已经吃药了。医院通知雪莉，老张今天出院。医院将老张安排到了一家私人经营的寄养机构。

我听完雪莉的汇报，心里七上八下的。我告诉她去准备一份详细的病志，将医院做出的出院决定等事项一一记录下来。我让她加入了我们对老张个案治疗的讨论细节，并让她将我的原话写上,"门诊医生认为,医院让患者在病情未得到初步稳定的情况下出院,这个决定过于仓促,有相当大的安全性隐患,对患者本人或对公众可能造成伤害。"

老张出院后的第一天,雪莉赶去了那家私人经营的寄养机构。她得知,老张被送到那里只待了一晚,第二天便不见了踪影。寄养机构的治疗属于自愿性质,管事的人认定老张可能是不喜欢他们那里,他可能去了其他的地方。

雪莉第二天去了老张的公寓,还没下车,就发现公寓被几辆警车和救护车团团围住了。警察告知雪莉,公寓楼里有人上吊自杀了。听到这里,雪莉的脚都吓软了。里面抬出来的不是别人,正是老张。

一个月后,相关医疗管理部门对老张的自杀死因作了查根调查。在审查的结论中,管理部门对我们医疗团队的危机管理给予了充分的肯定。医疗团队对老张的治疗和安全性的处置完全得当,没有任何瑕疵。

老张死了,作为他的主管医生,我郁闷了许久。人在世上可有千万种选择,然而,对于生命的尊重和爱护永远都应该放在第一位。

多年后,我在另一家诊所遇见了一位同仁,知道他来自郡医院,便和他谈起了老张的故事。那位同仁张大了嘴,说他知道这件事,他就是老张当年的主管医生。他说郡医院是公立的,有更大的社会责任,必须承担更多的病人的治疗,压力非常大。医院不可能让一位患者长期占用非常紧缺的治疗资源。他沉思道："如果两支团队能够有更深入的交流和沟通,也许我们能做得更好一些。"

第 17 章 一段不美妙的插曲

屈指一数，离我当年在泰雅诊所工作的时候，已经十年有余。许多老朋友早已经离开那里了，人海茫茫，世事无常。当时发生过的一些事情，却常常浮现在我的脑海里。

我在泰雅的两个不同的部门工作过。我最初在老年成人部，几年后又转到普通成人部。泰雅诊所和一般诊所服务患者的方式不一样。这种医疗服务被称为社区服务性心理治疗模式。通常这样的系统会配置较高比例的医生、护士和心理辅导人员。这个模式的缺点是系统收治患者是有限额的。老患者治疗稳定以后，会被安排到其他私人门诊继续治疗。这样，有了多出的名额，诊所才会收治新的患者。这种治疗模式也具有一些独特的优点，即治疗方和接受治疗方彼此非常熟悉，医患关系良好，团队合作密切。

普通成人部的规模比较大，分了几个不同的组别，每个组都有自己的主管，成人部有一位主任统领全局。成人部的经理名叫苏珊娜，年纪 50 多岁，身形单薄，为人温和厚道，彬彬有礼。我去成人部的时候，她刚刚恢复上班。苏珊娜半年前被诊断出宫颈癌，她已经接受了肿瘤切除手术和多个疗程的放化疗。在家休息了半年后，她又重新回到了工作岗位。我以前就和苏珊娜认识，她知道我转到普通成人部后，经常会来我办公室坐一坐，对我来她的部门工作表示高兴并热烈欢迎。她询问我习不习惯这里的工作环境，办公室有没有什么办公用品欠缺。苏珊娜反复叮嘱我，如有任何问题可以直接找她，她马上帮助解决。苏珊娜时不时带些新鲜水果给我。她说她先生喜欢园艺，家里种了不同品种的果树。她的孩子们都长大搬出去了，家里的水果需要朋友们来帮助"消化"。

在诊所工作了一个来月后，我基本上熟悉了安排在我名下的那些患者了。大多数患者的情况稳定，少部分病人需要药物调整。有几个患者的诊断和治疗方案有欠缺，我都一一做了更正。一天中午，在我从餐厅回办公室的途中，一个身高中等偏上、体型胖硕、面色微黑的年轻人拦住了我。此人约30多岁，他问我是不是新来的精神科医生，然后自我介绍说他是安德鲁，成人部一组的主管，心理学博士。我礼貌地和他寒暄了几句。我的话还没说完，安德鲁便提及我最近看的一个患者，问我是不是更改了患者的临床诊断。我记得有这么回事，便问他有什么问题。安德鲁回答说："如果你更改了诊断，要让我知道。"我说当然可以啊。他接下来又说了句，"你对诊断的更改，需要经过我的同意。"我听了他说的这句话有些吃惊，回了他一句："你对诊断若有不同的看法，可以来办公室和我讨论。"

一周以后，安德鲁果然来了我的办公室，他带着患者的病历。我记得那个患者的基本情况。这是一个20多岁的亚裔女孩，从青少年起就有抑郁和焦虑，她有长期的幻听和妄想。一年前她曾经被收入精神医院接受短期住院治疗。诊所里一直沿用她最初看病时的诊断，即严重性复发性抑郁症。

我问安德鲁："你知道患者有精神病症状吗？"他回答道："以前有，现在好像没有了。"

我又问道："你上次是什么时候给患者问诊的？"他停顿了一下，"三个月前吧。患者病情一直很稳定，我了解她的情况。"

我摇摇头道："我反复问过患者，她说过去这么多年，除了有抑郁的症状外，她一直有幻听和妄想怀疑，她从前的医生给她开过小剂量抗精神病药物，服药后，她的精神病症状有减轻，但从未消失。"

安德鲁急了，反驳道："有精神病症状并不代表她有精神分裂症！"

我说："是啊，我认为她符合分裂性情感障碍，即同时患有抑郁症和精神分裂症。即使退一步说，她也是复发性抑郁症伴随精神病症状。你同意吗？"

安德鲁说："我不同意。我看这个患者两年了，她只是抑郁症。"我告诉他："我认为你的诊断是不够准确的，从现在起，患者的诊断需要更正。"安德鲁有些来气了："我要向苏珊娜汇报。"

我笑了笑说道:"完全可以,我们可以开个病案讨论会。"

不出所料,安德鲁真向苏珊娜告了我一状。苏珊娜打电话过来询问我事情的缘由,我简单说了一下大致的过程,同意安排一个小时的病案讨论会。我认为这样的病案研讨会对提高诊所工作人员临床诊断会有帮助。苏珊娜点头说:"我们三个人讨论即可,下周五就在我办公室碰头吧。"

到了约好的时间,我和安德鲁都准时来到苏珊娜的办公室。她简单说了一下今天讨论会的主要目的,要听听我们各自的意见。安德鲁先声夺人,对我修改诊断的事攻击了一番,然后反复强调他了解这个患者,患者抑郁症的诊断从前就有,他完全赞同。我耐心地听他滔滔不绝说了十多分钟,没有插话,直至他完全停下来。

苏珊娜把目光移向了我,意思是要听我发言。

我慢慢喝了一口水,问安德鲁:"请问,按照《精神障碍诊断与统计手册》,你的抑郁症诊断依据是什么?"

安德鲁一愣,说:"病人要有抑郁症状,临床病程超过一个月。"

我问他:"是这样吗?还有什么其他条件?"

他支吾一声:"还有不开心、焦虑和容易生气!"

我追问一句:"你肯定吗?有没有补充?"

看他也没有什么可以补充的，我慢慢地、一字一句地告诉他："抑郁症的诊断建立需要如下几个重要指标。一是看主要症状，主要症状包括患者主诉每天或每天绝大多数时间抑郁悲伤，或对生活、学习、工作失去兴趣，这两种主要症状有一即可，不必两者都完全具备。二是看次要的症状，如疲劳、睡眠障碍、注意力低下、无助、失望、胃口变化、体重变化、缺乏自信、身体运动迟缓、对自己有负面想法等至少要有五项。成年患者此类症状持续时间一般要有两周，但青少年病程一周即可诊断为抑郁症。"

我看他目光游离，就又补充了一句："绝大多数青少年患者并不会自述他们有多么悲伤，他们往往会表现出愤怒和暴躁。所以，医生临床问诊时，需要特别注意这点。"苏珊娜坐在那里，一言未发，手里拿着一本最新版的《精神障碍诊断与统计手册》在翻。我看安德鲁似懂非懂的样子，追问了他一句："这是最基本的抑郁症诊断标准，你清楚吗？"

安德鲁反驳我说："你说的这些我都了解，我只不过一下子记不住这么多细节。"

我缓了一下，接着问："那你能告诉我，抑郁症临床上有几大亚型吗？"

他回了一句："有成人型和青少年型。"

我忍不住笑了，"目前《精神障碍诊断与统计手册》最新版将临床抑郁症分为五大亚型，包括抑郁型、不典型、木僵型、产后发作型和季节型。你知道这五种抑郁症亚型的诊断要点吗？"见他不吱声，我简明扼要地解释了抑郁症五大亚型的不同之处。安德鲁有些沉不住气，他提高嗓门道："我就是不同意你给的分裂型情感障碍诊断！"

苏珊娜把目光从他转向我。我反问了安德鲁一句："那你能不能告诉我精神分裂症的诊断标准？"

安德鲁来了精神："患者会听到声音，还有妄想。"

我耐住性子，细声细语地一句句解释精神分裂症的诊断标准："一般来说，要诊断精神分裂症，在妄想、幻觉、紊乱言语、紊乱或木僵行为、隐性症状这五项中，患者必须具备其中两项，而其中有一项必须是妄想、幻觉和紊乱言语。这些主要症状持续的时间要有一个月。此外，患者的不稳定功能状态至少要超过六个月。"

安德鲁分辩说："这些我知道。"

我直视着他的眼睛问道："那么你告诉我精神分裂症有几大类别？"

见他沉默，我轻声细语地告诉他："精神分裂症有偏执型、紊乱型、木僵型、未分型和残余型。这五型各有不同的独特症状。"看着安德鲁目瞪口呆的样子，我心生怜悯，继续一字一句地告诉他如何对这五种类型作鉴别诊断。

苏珊娜看着手下的表现，自己也觉得难堪，便想打个圆场,"我们这个诊所遇到的精神分裂症患者比较少,工作人员可能经验不够。"

安德鲁却不干了,分辩道:"我是有执照的心理学博士,这些我都懂。"

看他如此执迷不悟,我有些烦了,接着问他:"请问如何鉴别抑郁症伴发精神症状与分裂型情感障碍?分裂型情感障碍有几种类型?分裂型情感障碍与双相情感障碍如何区分?"安德鲁涨红了脸,无言以对。我说:"这样的话,我换个基本概念题问问吧。你能不能告诉我妄想和牵连观念如何定义?"

苏珊娜看安德鲁说不出话,自己实在忍不住了,直接开口回答了我的问题。我谢谢她的回答,也真心实意地赞扬苏珊娜的专业知识。我用平静如水的语调告诉苏珊娜,"无论我们有什么学历或执照,只要是作为临床精神心理工作者,我们就必须要具备足够的知识,才能更好地为患者服务。"我强调了一句,"不管你是谁,如果你不具备必要的专业知识,你必须学习。"

安德鲁的脑筋确实有些不开窍,他突然冒出了一句话:"我是这个组的主管,我有权做出诊断决定。"

我盯住他,沉着脸,一字一句道:"请你记住,医疗制度有明确的规定,在精神治疗团队中,医生是所有人的业务领导。当然,医生不可能完全正确,但你必须遵从医生的治疗建议,哪怕这个意见是错误的。因为医生同时也必须担负全部的治疗责任，包括自己的失误和下面人的失误。你可以继续管好你的行政工作，这些与我无关。但从今天起，我做的所有治疗决定，你只能完全服从。你如果有不同的意见，可以向你的上级主管反映。但我做出的治疗决定，谁也不能更改！"

苏珊娜在一旁尴尬地笑了笑，问他还有什么话要说。安德鲁站了起来，结结巴巴道："我还有事，我马上还有个会，我现在要走了。我不能坐在这里让你们羞辱我。"我听罢，稍显诧异。苏珊娜从头到尾都在帮他打圆场，她甚至紧张得头上都冒了汗。

几周后，苏珊娜来到我的办公室，她拿出人力资源部门转来的一封信。安德鲁恼羞成怒，把自己的愚蠢和无知一股脑地发泄到他的上司头上。他没敢提及我，但向人力资源部门控诉苏珊娜对他不公。苏珊娜一脸无奈地说："你应该知道，在那天的讨论会上，我从头到尾都想帮他。可我能做什么呢？我没想到他这么缺乏临床经验和理论知识，泰雅的脸都他被丢尽了。"我安慰着苏珊娜，让她不必担心。我让她把人力资源部的来信复印一份给我，我来写一份详细的回信，告知他们事情的真实经过。"如果有责任的话，我来承担。"我安慰她说

自从那次病案讨论会后，我再也没有见过安德鲁。我在办公室能不时听到他的声音，我知道他在尽力回避我。说实话，我忙着看患者，也没兴趣和这样不学无术的人纠缠。久而久之，这件事我也淡忘了。时间飞快，又是几个月的光景，苏珊娜来到我的办公室，告知我人力资源部给了安德鲁严重的训诫

处分。安德鲁自觉脸上无光，从泰雅辞职了。听下面的人说，安德鲁找了一份去监狱里给犯人做心理辅导的工作。因为新的工作地点离家太远，他也搬到那附近去住了。

苏珊娜在和我聊天的时候，我听出她的声音变得沙哑，声调也非常奇怪。我问她声音变化是什么时候发生的事，她说也就是这一周发生的。我问她有无咽喉炎症或感染，她摇摇头。我听了，有些替她紧张。我过去有几位患癌症的患者，后期都出现了膈肌或支配声带的神经转移。我劝苏珊娜赶紧和她的肿瘤专科医生联系，她点头称是。很快，不好的消息传来了，苏珊娜告诉我她的宫颈癌复发了，肿瘤科医生给她重新安排了治疗方案，她准备暂时休假。

苏珊娜主任走后，没人来我办公室和我聊天了。下面另一个组的主管莉莉是个华裔，祖籍是广东。她会时不时和我谈谈她组里患者治疗的问题。莉莉手下有个年轻的心理学博士，中等个头，瘦弱白净，名叫胡安。他的组里有位30多岁的女患者，是一位过气的影视演员，长期郁郁不得志，感情也不顺，患有抑郁症，同时还有酗酒的问题。我费了不少功夫，帮她戒了酒。但病人的焦虑水平非常高，我设法给她小剂量控制焦虑症状的药物。尽管我开的药很便宜，但患者的白卡保险也不予支付。这个患者没什么收入，自己买不起药。我想起认识的一位医药代表，从他的制药公司里申请到了样品药。我约好了患者过来拿药，可患者临时有事，改了个我不在诊所的时间过来。我问胡安那天他在不在，是否可以帮我把药转给患者，胡安满口答应,我再三嘱咐他,也做了病程记录。

世界真是不太平,没想到茶壶里也会有风暴。第二周我一进办公室,莉莉就找上门来,告诉我胡安去泰雅诊所头头那里投诉我,说我私自给患者药物。莉莉说,泰雅这方面确实有规定,医生不能私自给患者药品。我说,我只是帮患者申请了她所需要的药物,这一切都记录在案。我只是奇怪,如果胡安觉得我所做不妥,那为什么还答应把药转交给患者呢?莉莉说:"你是糊涂吗?还是真不知道胡安和安德鲁的关系?他们是好朋友。安德鲁被迫辞职,这仇胡安可记着呢。"我依稀想了起来。那次胡安拿到了他的心理学博士临床执照,安德鲁买了许多食品饮料,用诊所的内部传声器通知大家一起来会议室给胡安祝贺。

泰雅诊所的上级部门指派了儿童部主任雅莉、负责调查所谓私自给患者药物一事。她来时我正在看病,但没办法,只好先请患者等着。因为是上面的安排,她们查得非常仔细,逐一翻看了患者每次的治疗记录、药物治疗知情同意书、治疗计划和样品药物的申请过程。我上次让胡安转交药品时,怕患者不知道如何吃药,特地用处方笺写了详细说明,她们将处方笺和我的治疗病志细细进行了比对。这一个病历总共查了一个小时。最后,雅莉告诉我,胡安举报的内容与实际情况完全不符。

雅莉微笑着跟我说:"请您不要为此事生气,也不要责备我们。检查的结论证明,您是一位负责任而且极有爱心的好医生,所做一切都是为患者着想。这里只有一个建议,下次您就让诊所护士把药品转交给患者。心理治疗师没有药物方面的知识训练,这就是泰雅诊所不容许心理治疗师涉及药物治疗的原因。"临结束前,雅莉向我挤了挤眼睛,说:"哈哈,您是百密一疏,所托非人。"

虽然这事最后烟消云散,但连续发生这些烦扰让我对泰雅的工作环境颇为不满,心中顿生去意。接下来,也就是申请不同的医院,换个新的工作环境而已。两个月后,我通知了成人部代理主任我的离职决定,开始把患者交接给其他医生,并和患者们一一告别。莉莉非常舍不得我离开,恳切地希望我留下。她悄悄告诉我一件事,"胡安和他一起工作的社工两个人工于心计,嫌每天心理治疗的记录烦琐,竟然瞒天过海,将过去的治疗记录用电脑复制粘贴,稍做修改,当成每日的新纪录。"可常在河边走,哪能不湿鞋?久而久之,他们的所作所为被上级主管发现了。这种事情在泰雅前所未有,震惊了上层。现在事情已经查明,两人均已被停职,等待最后处理结果。

我问了她苏珊娜的治疗近况,我给苏珊娜也打过几次电话,但她的手机一直不开机。莉莉说苏珊娜住进了希望之城,状况不是很好,人也虚弱迷糊。她头发尽落,面容憔悴,现在拒绝见任何同事和朋友。她的肿瘤医生已经和苏珊娜的家人沟通过,考虑送她去临终关怀中心。但苏珊娜的先生不肯,一直恳求医生再想想办法,尽可能努力拯救他太太的生命。

听到这些,我心里酸楚难过。我和苏珊娜一起工作时间虽不长，但她的热情、开朗、细心和友善一直感染着我。作为一线临床医生，我也明白她在世的日子可能不多了，可我十分愿意选择相信奇迹。她在希望之城，希望与奇迹一定能够发生。我给附近的花店打了电话，订了一大捧美丽的玫瑰花，让花店送到医院。我在卡片上写上我衷心的祝福，希望她能容许我去医院看她。

三个月后的一天，我接到莉莉给我的电话。莉莉告诉我胡安和那位犯错社工已经被泰雅开除了。在电话的那一端，我听到了悲伤的消息，苏珊娜过世了。莉莉说，苏珊娜离世前，她的女儿给她画了淡妆，戴好了假发。她的先生紧紧地拥她在怀，她在家人的环绕下，走得十分安详。

第 18 章 世间难道真有因果

美国历史上有一位非常杰出的、二战史上赫赫有名的百胜将军，他就是铁血悍将巴顿。但巴顿将军的性格有明显缺陷，他对下属官兵喜则爱之如宝，百般和顺；恨则口出狂言，暴怒责骂。虽然他的一生正气凛然，但他做事的细节经常被人诟病。巴顿性格暴躁，1943年8月初，在二战西西里岛战役期间，他伸掌责打并辱骂了两位罹患创伤后应激障碍（又称创伤应激综合征）的陆军兵士，从而招来了美国民众极大的愤怒和争议。

　　巴顿的荒唐行为不仅仅因为冲动，还因为来自他的认识缺陷和医学常识的缺失。正如1943年8月5日，他在给第七集团军的指令中这样写道："我注意到有极少数士兵以神经紧张无法作战为托词住进了医院。这样的人都是懦夫，会让军队和他们的战友蒙羞。这些人无情地离开，把战斗的危险留给战友，他们自己却利用医院来作为逃脱的手段。你们要采取措施让这些人不能进入医院，而是直接在其所属的战斗单位内部解决。那些不愿意战斗的人将会因为面对敌人时表现懦弱而被送上军事法庭受审。"

巴顿撑掴并辱骂患有精神疾患的士兵，侵犯了士兵的基本人权和他们接收救护医疗的权利。他的鲁莽亵渎了战场创伤救治和医学科学的精神，侮辱了那些极尽所学、夜以继日救治士兵的战地医务工作者。巴顿的行为激起了军中将帅和元老们的愤慨。最后，在国内政界、军界和民间的强大反对压力下，巴顿被迫向受伤士兵和军队公开道歉，向所有的医疗团队道歉。他被解除军职，在家赋闲一年多。

创伤后应激障碍是指人在经历过情感虐待、战争、事故或其他严重创伤后会产生一种严重的焦虑性精神疾病。其临床主要症状包括：不由自主地反复出现关于创伤事件的痛苦记忆；脑海中重新经历创伤事件，犹如创伤事件再次发生一般；产生与创伤事件相关的痛苦梦境或噩梦；有创伤所致的严重情绪困扰或身体反应。许多患者试图避免回想或谈论创伤事件，避开那些会触发创伤事件记忆的场景、活动或人。患者会产生思维和心境消极变化以及身体和情绪反应变化等症状，如易受惊吓和时刻提防着危险等。创伤后应激障碍的严重程度可能因时而异。重新接触类似的环境和人会加重临床症状，包括出现不愉快的想法、感受或梦境，接触相关事物时会有精神或身体上的不适和紧张，并试图避免接触。创伤后应激障碍通常在创伤事件一个月后发生，病情长期化，临床治疗非常棘手。

临床研究发现，经历事故或自然灾害性创伤的患者，较之那些受人身虐待、强奸或儿童期间创伤的患者，罹患创伤后应激障碍的概率相对较小。但值得注意的是，除了自身受他人暴行侵害的经历会导致创伤后应激障碍外，那些施虐者、加害者、从事杀害他人或动物等杀生行为的人，也会产生创伤后应激障碍。这类人群多见于战场上杀敌的士兵，刑场上执法的法警，屠宰场工作的员工等。这些人群虽有合法理由杀人和杀害动物，但也会因自身伤害他人的经验产生心理创伤。比起其他人的创伤经验，自身成为加害者、从事杀生行为的经验所造成的心理创伤其实更严重。

临床上，常见许多枪击杀人伤人所致的严重心理创伤患者。枪支暴力是美国特有的社会顽疾。美国是世界上民间拥有枪支最多的国家，拥有3.3亿多人口，民间枪支保有量却超过四亿支，人均持枪一把有余。美国以开发和战争起家，起初是北美大西洋沿岸13块殖民地联合与宗主国英国进行抗争。独立战争胜利后，美国积极进行领土的扩张，逐渐由大西洋沿岸扩张到太平洋沿岸。开拓征战，自卫防御，美国最初的先驱移民饱经血与火。美国议会1791年12月15日批准了宪法第二修正案，保障人民有备有及佩带武器之权利。

然而，美国枪支泛滥导致的枪支暴力由来已久，枪支文化涉及个人权利、利益集团、党派政治等诸多问题，长期困扰着美国社会。枪支暴力已成为美国最严重的社会问题之一，影响远远超出受害者本人及其家庭，波及整个社会和国家。枪支暴力除造成人员伤亡和治安问题之外，还给美国带来巨大的经济损失和社会心理创伤。

多年来，美国接连不断发生大规模枪击案，特别是校园枪击事件，给社会带来了巨大伤痛。2022 年美国发生了至少 639 起大规模枪击案，大规模枪击案定义为在单一事件中有四人或以上人员遭到枪击。尽管美国社会控枪的呼声日益高涨，但共和、民主两党相互掣肘的政治体制、日益极端化的政治生态、无孔不入的利益集团、难以根除的文化种族歧视，使得美国枪支管控举步维艰，全面禁枪几乎成为一项不可能完成的任务。

针对大规模枪击案的调查发现，普通枪击的对象主要为随机对象，而非特定群体。在非特定目标枪击案中，商场、俱乐部和夜店是枪击案发生的主要地点。在特定目标枪击案中，家人、同事和同学是主要的枪击对象。枪击者作案动机可以主要归类为枪手的精神原因、恐怖袭击、愤怒和挫败沮丧。大规模枪击作案者的种族以白种人和欧裔美国人居多，其次是黑种人和非裔美国人。作案者的年龄阶段以青壮年为主，作案地则以封闭场所为主。

对常见枪击案行凶人群的精神状态分析发现，枪手中有部分人员患有精神分裂症、双相情感障碍、偏执性人格障碍、高功能自闭症，或者是霸凌受害抑郁者。但在大规模枪击案中，枪手为精神疾病患者的案件仅占美国整体暴力事件的 3%～5%，远低于普通人群中高达 12%～18% 的精神疾病患病率。这意味着精神障碍患者并不是枪击暴力的主要加害者。

洛杉矶是华人进入美国的一个主要门户，这里有个不大的小卫星城市，叫蒙特利公园市。从 20 世纪 70 年代起，为数不少来自台湾地区的华人相继迁入了蒙特利公园市，使该市有了小台北之称。到了20世纪90年代，蒙特利公园市成了全美首个华裔人口过半的城市。后来大量中国大陆籍移民居住在这个城市，渐渐地蒙特利公园市成为华人初入洛杉矶的主要聚居地。著名导演冯小刚执导的电影《不见不散》主要选景点就在蒙特利公园市。说句实话，蒙特利公园市小且破落，经济富裕的老移民是不肯长住在这个城市的。

我周末工作的诊所位于阿罕布拉市，这个城市紧邻蒙特利公园市的城区。我每周五六日去这个诊所上班时，会经过蒙特利公园市一条被称为加菲尔德街的主要大道。在这条街与加伟街交汇处，有一家当地小有名气的华人舞厅——舞星舞厅，这里曾发生过大规模枪杀血案。

2023年1月21日，是阴历兔年新年的除夕。在美国，尚没有公立假期能庆祝农历新年。我照常上班，驱车沿加菲尔德街前行。这天正值蒙特利公园市举办庆祝农历新年的嘉年华活动，加伟街封路，我只好从舞星舞厅前面绕路过去。当晚就惊悉，在舞星舞厅发生的大规模枪击案中，一共死亡了11人，五男六女，其中包括舞厅老板兼教练马明伟先生。我一周后再次路过舞星舞厅，从车窗望着被封的舞厅，不由全身毛骨悚然，继而又黯然神伤。

洛杉矶大都会区居住有至少50万的华人，人数不算少了，我平时接触到的是极有限的一部分。枪击案发生的一个月后，我竟然发现，在11位往生者中，有两位我经常见面。她们俩不是我的直接患者，而是患者的家属。第一位女性，她的哥哥二十几年前死于路暴者的枪口下。这么多年来，她都一直关心照顾着哥哥的遗孀和有精神疾病的侄子，没想到她自己也没能躲过滥杀无辜者的枪口。另一位往生者是一位患者的妈妈，出事前的那周，她还和她的先生一起来到诊所，陪有病的女儿看病。女儿是绿卡持有人，正在申请公民入籍。没想到，这位患者的妈妈却忽遇不幸辞世，她永远不需要再为女儿的公民身份和社会福利烦恼了。"人死如灯灭，好似汤泼雪。若要还魂转，海底捞明月。"悲剧难以挽回，着实可悲可痛。愿逝者安息，生者如斯。

自 2014 年开始，在赌城拉斯维加斯，每年都会举办一场名为"91 号公路丰收"的露天音乐会，音乐会从九月底开始至十月初，持续三天。音乐会的代表符号是无数的牛仔帽。这是一场非常受年轻人追捧的音乐盛会，每年这个时候全美各地的乡村音乐爱好者都会赶来这里，庆祝他们毕业、团聚、升职和结婚周年等。我的一对大学同学夫妇在赌城开业行医，他们的宝贝女儿特别喜欢这个音乐会，除了每年自己一定要参加外，还会拉上全家所有人同往。不过 2017 年，同学女儿考进了波士顿的麻省理工学院，没法参加她最喜欢的音乐会了。冥冥之中，上天保佑，她和她的家人也幸运地躲过一劫。

2017 年 10 月 1 日晚，曼德勒海湾酒店旁露天音乐会正在举行。音乐会人气火爆，当时有超过两万人聚集在音乐节的露天现场。音乐会的草地紧邻赌城市中心的主干道，美丽的街景，沙漠特色的棕榈树，干道两侧高大豪华的一座座赌场酒店外面，霓虹灯光变幻闪耀，美妙的音乐声和初秋的爽风融合在一起，人声鼎沸，笑语不断。远处舞台上，乡村音乐明星杰森·阿尔丁正拨动吉他琴弦，唱着《当她叫我宝贝》这首歌。十点五分，一阵阵密集的自动武器射击声打断了他的演唱。枪击持续了十几分钟。刚开始，观众以为是烟花或者烟花燃放声。可当密集的枪声数度响起，现场不断有人倒地发出痛苦的尖叫声，人们才意识到发生了可怕的枪击案，开始紧急逃避和疏散。现场人员逃命时混乱的挤压，又导致了踩踏等额外的伤害。

当时现场的听众不知道的是，他们亲身经历了美国历史上伤亡最惨重的大规模枪击案，约有500多人受伤，61名受害者死亡。64岁的斯蒂芬·帕多克则是这次凶杀案的罪魁祸首。他的父亲是个罪犯，前科累累，甚至抢过银行，曾连续八年在FBI逃犯缉拿榜上名列前茅。斯蒂芬·帕多克在犯下这场弥天大案后，饮弹自杀身亡。事后警察的调查也没有发现他作案的具体动机。他虽然颇有家业，但嗜赌如命，贪杯酗酒，抑郁孤独。近期调查发现，斯蒂芬·帕多克在行凶前输给了赌场数百万美元，不排除他有报复社会的可能性。

在这次灾难中，死去的人们已经含恨九泉，而那些逃过劫难的人们却是噩梦初醒，不得不残喘度日，悲痛余生。

当时听到这个惊人的枪击案消息时，作为精神科医生的我第一反应就是，许多逃过枪击的人可能会罹患创伤后应激障碍。拉斯维加斯离洛城数百公里之遥，我真没想到，其中一位死里逃生的年轻人乔纳森会成为我的患者,让我有机会更深切地了解到这场大屠杀枪击案的可怕。

乔纳森是一个身材颇高的年轻人,只不过他首次来到诊所的时候,佝偻着背,挂着双拐,步履艰难地步入我的办公室。他神情憔悴,言语间有些恍惚。

我给他挪动了座椅的位置,帮助他坐了下来。乔纳森递给了我他最近的出院资料。他告诉我从医院出院以后,他又被送到疗养院住了一段时间,接受身体康复训练,不久前才回洛杉矶。

看出来乔纳森已经习惯了临床问诊,应该被医生们多次询问过发病经过。他简明扼要地告诉我,他是在最近发生的拉斯维加斯枪击案中受的枪伤,他右腿中弹两次,大腿股骨和小腿胫骨受损骨折,但未伤及大动脉。他的枪伤经过治疗已经痊愈,现在他需要继续进行功能训练。

我问他:"你为什么来看精神专科医生呢?"

乔纳森回答我说:"我每天晚上都做噩梦,梦到被人用枪追杀,子弹不住地从我身边飞过,我拼命地跑,但就是无法逃离那个地方。我大声地呼救,经常从梦中惊醒,满头大汗,心跳急促,我喘不过气来。"

停顿片刻,他又道:"白天时,我不敢一个人待在房间里。我只要静下来,脑子里就会不停地想那天晚上发生的一切。枪响不断，周围都是哭叫声。我抱着安吉拉，她身上血流不止，我哭着、喊着，求别人来救她。没人注意我求救的呼喊。大家都在跑，不断有人中枪倒下。"

"我中枪了，站不起来，我拖着安吉拉在地上爬。后来，枪声停了下来，有人开始帮助受伤的人了，急救车把我送到了医院。"乔纳森怔怔地回忆着。

"安吉拉是你的家人？还是朋友、同事？后来她怎么样了？"我听见他重复了几次安吉拉的名字，神情低落，有些担心这个女孩的状况。

"安吉拉死了，她身上中了两枪，都在胸部。"乔纳森望着我，大大的泪滴在他眼眶里打转，他用力控制着自己的悲伤。"她受伤后，只喊出一声我的名字，向我伸出了手，她够不着我。我摔倒了，离她好几米，我拼命向她爬过去。安吉拉胸前中了弹，她的嘴里和胸前都不停地冒出血泡，鲜血流了一地。我抱住了她，她说不出话，身体抽动着，吸不进气，最后望着我，停止了呼吸。"乔纳森说到这里，哽咽了起来。

"安吉拉是我的未婚妻，去拉斯维加斯前，我们相爱已经五年了，她刚刚答应了我的求婚。这次我和她去拉斯维加斯，一是参加今年的乡村音乐会，二是庆祝她27岁的生日。"说到这里，乔纳森眼神悲哀。

乔纳森拿出一只戒指盒，小而精致。他凝视着空空的戒指盒，轻轻说道："她带着我的求婚戒指离去了，这一生，她都是我的挚爱。"

我和乔纳森的治疗持续了两年多,起初我以为,乔纳森的创伤后应激障碍只是这次枪击案导致的。但随着对他病情的深入了解,我竟然发现乔纳森另有不同的创伤经历。他是美国陆军退役军人,曾经被送到阿富汗服役 10 个月。除了战备执勤,他所在的部队还帮助阿富汗政府训练军事人员。

据乔纳森描述,训练阿富汗政府军非常不容易,尽管美国政府对阿富汗政府军投入巨大,但实施具体的军事训练却非常困难。当地阿富汗人普遍受教育程度低,40% 以上的男性都是文盲。语言的隔阂还是其次,最主要的是,许多阿富汗人把参加政府军当成他们领取美元工资的一种工作,这也是他们服役的唯一目的。这些年轻人缺乏军人的责任感和荣誉感,他们就是被武装起来的一群乌合之众。在训练阿富汗军队的过程中,乔纳森和其他美军教官不住地抱怨兵员素质。尤其是他们发现,这些阿富汗军人在后勤保障、装备维护、战地补给等基础科目的训练上非常有难度。

相比这些训练的烦恼,最可怕的是,经常有极端主义分子混进阿富汗政府军军营。乔纳森和他所在的陆军分队承担喀布尔附近一个军营的新兵训练工作。不料,在一次日常训练中,两名混入的恐怖分子针对训练他们的教官发动了突然袭击,几名美军士兵当场毙命。等乔纳森和增援部队赶到后,只看到地上血肉模糊的战友尸体。其中一位死亡士兵是和乔纳森一起从加州过来的好朋友。

好友丧命的恶性画面一直强烈地刺激着乔纳森的神经，恐慌和愤怒导致他的冲动和潜在的嗜血性爆发。以后在多次对恐怖分子的围剿和追捕中，乔纳森和他的队友们都是大开杀戒。虽然开火是上头的命令，并且大兵们也会得到克制的指示，但下面的士兵执行起来早就没了章法。在阿富汗，恐怖分子和一般平民从外表上根本看不出来有什么区别，他们藏身于村落居民点，并裹挟村民打掩护。在后来的一次次战斗中，乔纳森和队友们毫无限制地倾泻着弹药。他承认，许多无辜的老人、妇孺和儿童死在了他们的枪下，那些鲜血和尸骸的画面不时浮现在他的眼前，让他胆战心惊，夜不能寐。

退役后的乔纳森回到了加州，重新回到了家人的身边，他有了稳定的工作和不错的生活。昔日战场上的可怕回忆慢慢消减，他再次感受到了人间的美好和温暖。乔纳森认识了安吉拉，他们堕入了爱河。可他万万没想到，自己和未婚妻会被卷入这场可怕的枪击大案之中，自己受了重伤，未婚妻更是当场殒命。这种人为刀俎、我为鱼肉的绝望和恐惧让他心惊肉跳，噩梦不止。

乔纳森时常产生时空的错乱感，他的眼前会无数次地浮现音乐会上疯狂的弹雨横飞，画面中，人们哭泣着尖叫狂奔，安吉拉倒地后伸出求救之手，村庄老弱妇孺的尸身血淋淋的，一双双眼睛暗淡无光。乔纳森描述到，有时候，他的灵魂会忽然游离躯壳之外，他能从自己躯壳外清醒地观察着自己。他不知道自己是猎人还是猎物。

将近两年的时间，尽管我用心地调整乔纳森的治疗药物，给他安排有经验的心理治疗师做辅导，但乔纳森的精神康复治疗并没有太大的进展。后来我发现，他的问题主要是时空的错位和自我角色的迷茫。他的内疚感远甚于他的恐惧感。有时候，他会陷入一种不能自拔的痛苦自责中。他深信，他从前犯下的所有罪恶酿成了今天的恶果，他自己也是导致安吉拉死亡的主要原因之一。

因为医疗保险的变更，乔纳森被转回到美国老兵医院系统继续接受心理治疗，后来他和我也偶有联系。乔纳森坦承，他的焦虑和抑郁没有明显的改善，他的性格变得愈加孤僻，他基本上不和过去的朋友们联系了。他不敢去人群聚集的地方，他害怕每一个夜晚。乔纳森说，每天晚上他躺下的时候，只有当他的手摸到格鲁克手枪，他的紧张才会稍稍平静。乔纳森小心翼翼地把弹药和枪分开放置，他害怕夜里做噩梦的时候他会失控，误伤了别人，或害了自己。

真心希望他能早一天走出这个心魔，重获新生。

后记　生活就是冥想

我从事精神科医生这一职业多年，听到和看见过许多人性丑陋和黑暗的东西，有时面临和承受的心理压力巨大。感恩于我们住院医生训练期间受过的特殊严格训练，我懂得且善于自我调节。其中有一点我掌握得非常好，每当我离开诊所时，我会迅速忘掉头脑中所有的案例和病情，我不会让任何负面情绪影响我的生活。我珍惜和家人们在一起的宝贵时光，我给他们带来的应该是平安、美好和快乐。

生活就是冥想，我努力用爱好来疏导情绪。种瓜种菜，养花养鱼。闲来读书，偶拨丝弦。我种植的果树遍山，收集的花草满园。和渔友们一起海钓，与文人们把盏品茗。谈古论今，不时吟诗填词；咬文嚼字，偶作文言自娱；座上客常满，杯中酒不空。"有朋自远方来，不亦乐乎。""独乐乐，不如众乐乐！"我有许多好友知己，和他们在一起，生活中有了更丰富的色彩。

"自作新词韵最娇，小红低唱我吹箫。曲终过尽松岭路，回首烟波十四桥。"在这本书中，我尝试从临床精神医生独特的视角，解剖患者的案例，分析相关人员的心理，并且融入自己的内心感受。在开始构思和进行文字创造的时候，我坚持紧紧围绕这一宗旨进行。我希望能够给读者朋友带来一本既有可读性，也稍有文采的精神心理学的科普性作品。

最后，我要真诚地感谢我的几位好朋友——作家徐逸庭博士、前记者老绕和文友甦华，他们都帮我审阅了稿件，发现了文字错误并提出了宝贵的修改意见。大家无私的付出，对我的创作帮助巨大。非常感谢出版社的责任编辑白老师对书稿的修改给予的宝贵建议和具体细节指导，使这本书从一间毛坯房脱胎为精装修房。衷心感谢每一位读者朋友，谢谢你们对精神科学的理解和支持。

北京阅想时代文化发展有限责任公司为中国人民大学出版社有限公司下属的商业新知事业部,致力于经管类优秀出版物(外版书为主)的策划及出版,主要涉及经济管理、金融、投资理财、心理学、成功励志、生活等出版领域,下设"阅想·商业""阅想·财富""阅想·新知""阅想·心理""阅想·生活"以及"阅想·人文"等多条产品线,致力于为国内商业人士提供涵盖先进、前沿的管理理念和思想的专业类图书和趋势类图书,同时也为满足商业人士的内心诉求,打造一系列提倡心理和生活健康的心理学图书和生活管理类图书。

《情绪自救:化解焦虑、抑郁、失眠的七天自我疗愈法》

- 心灵重塑疗法创始人李宏夫倾心之作。
- 本书提供的七天自我疗愈法是作者经过多年实践验证、行之有效、可操作性强的方法。让阳光照进情绪的隐秘角落,让内心重拾宁静,让生活回到正轨。

《战胜抑郁症:写给抑郁症人士及其家人的自救指南》

- 美国职业心理学委员会推荐,一本帮助所有抑郁症人士及徘徊在抑郁症边缘的人士重拾幸福的自救指南。
- 本书将告诉你面对抑郁症最正确的做法是什么,并指引你去寻找最佳的诊断和治疗。